Colecție coordonată de
Alexandru Arion

CRIME SCENE PRESS

Ragnar Jónasson
Orb în noapte
Titlul original: *Náttblinda*

CRIME SCENE PRESS
Piața Presei Libere nr. 1
e-mail: redactia@crimescenepress.ro
tel.: 021.317.91.37; 021.317.91.42; fax.: 021.317.91.43
www.crimescenepress.ro

CRIME SCENE PRESS

Director editorial: GEORGE ARION

Descrierea CIP a Bibliotecii Naționale a României
JÓNASSON RAGNAR
Orb în noapte / Ragnar Jónasson ; trad. din lb. engleză de George Arion Jr.. - București : Crime Scene Press, 2019
ISBN 978-606-8959-42-9

I. Arion, George, jr. (trad.)

Coperta: ALEXANDRA BARDAN
Redactor: ALEXANDRU ARION
Corectură: MANUELA RUXANDRA ARION
Tehnoredactor: LAURA TIBĂR
Bun de tipar: noiembrie 2019
Tipărit în România

Carte apărută cu sprijin financiar din partea
ICELANDIC LITERATURE CENTER

Ragnar Jonasson

Orb în noapte

traducere de
George Arion Jr.

CRIME SCENE PRESS
2019

Scriitorul islandez **Ragnar Jónasson** s-a născut la Reykjavík în 1976. Lucrează ca avocat și predă legislația privind drepturile de autor la Facultatea de Drept a Universității din Reykjavík. În trecut, a lucrat în televiziune și radio, chiar ca reporter pentru Radiodifuziunea Națională Islandeză. Înainte să-și înceapă cariera de scriitor, Ragnar a tradus paisprezece romane ale Agathei Christie în islandeză și a publicat mai multe povestiri scurte în reviste literare din Germania, Marea Britanie și Islanda.

Cărțile lui Ragnar s-au vândut în peste 450 000 de exemplare în toată lumea, iar numărul e în continuă creștere. Au fost răsplătite cu numeroase premii și distincții în Islanda, Marea Britanie și Statele Unite.

Cele două serii care l-au consacrat pe Ragnar sunt Dark Iceland (care îl are în centru pe tânărul Ari Thór) și Hulda (cu detectiva care poartă același nume). Drepturile pentru Dark Iceland s-au vândut deja în 18 țări.

Ragnar a fondat prima filială a Crime Writers' Association din afara Marii Britanii, în Islanda, și e cofondator al festivalului internațional de literatură *mystery & thriller* Iceland Noir, care a fost declarat în *The Guardian* ca fiind „cel mai bun festival de literatură polițistă din lume." Locuiește la Reykjavík cu soția și cele două fiice.

ISLANDA

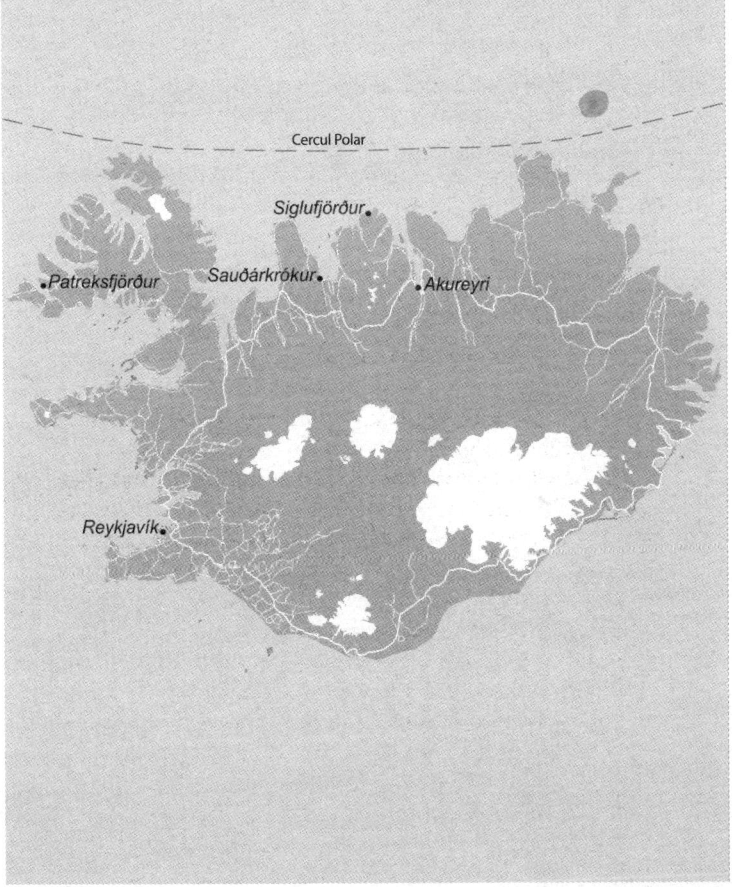

Cercul Polar
Siglufjörður
Patreksfjörður
Sauðárkrókur
Akureyri
Reykjavík

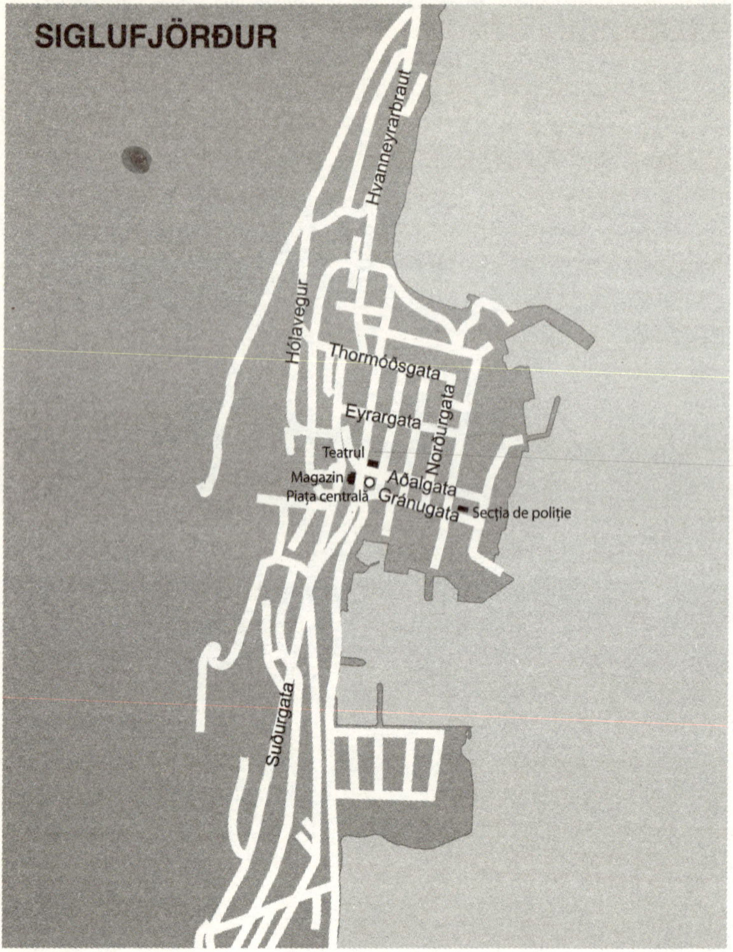
SIGLUFJÖRÐUR
Hvanneyrarbraut
Hólavegur
Thormóðsgata
Norðurgata
Eyrargata
Teatrul
Magazin
Aðalgata
Piața centrală
Gránugata
Secția de poliție
Suðurgata

Pentru Natalia, de la tata

Ceva se strică
În oameni și în vreme,
În oameni și-n cuvinte...

Din poemul „Frânt”, de Þorsteinn frá Hamri

1

Neliniştitor.

Da, ăsta-i cuvântul. Casa aceea veche, dărăpănată, avea ceva neliniştitor. Pereţii erau plumburii şi ameninţători, mai ales pe ploaia aceea orbitoare. Aici, toamna părea mai degrabă o stare de spirit decât un anotimp aievea. Iarna se năpustise pe urmele verii la sfârşitul lui septembrie sau începutul lui octombrie, iar toamna parcă se rătăcise undeva pe drumul spre nord. Herjólfur, inspectorul de poliţie din SiglufjÖrdur, nu-i simţea lipsa în mod deosebit, cel puţin nu toamnei pe care ocunoştea din Reykjavík, oraşul în care crescuse. Ajunsese să preţuiască vara din SiglufjÖrdur, cu zilele ei ameţitor de strălucitoare. Îi plăcea şi iarna, cu întunericul ei atotcuprinzător, care se încolăcea pe tine ca o pisică uriaşă.

Casa era la mică distanţă de intrarea în tunelul Strákar şi, din câte-şi dădea seama Herjólfur, trecuseră mulţi ani de când locuise cineva în clădirea aflată departe de locul în care oraşul îmbrăţişa linia ţărmului. Parcă fusese pur şi simplu lăsată acolo pentru ca natura s-o modeleze după pofta inimii cu mâinile ei grele, iar rezultatul era cumplit.

Pe Herjólfur îl interesa ceva anume la clădirea abandonată, ceva ce-l îngrijora. Rareori îi era teamă, se antrenase să ignore sentimentele incomode, însă de data asta nu reuşea şi nu era deloc mulţumit. Maşina de poliţie era parcată acum la marginea drumului, iar Herjólfur nu avea nicio tragere de inimă s-o părăsească. N-ar fi trebuit să fie de serviciu, însă Ari Thór, celălalt poliţist din oraş, zăcea la pat, doborât de gripă.

Herjólfur rămase o clipă nemişcat, ascultând cum maşina e şfichiuită de biciul rece al ploii. Gândurile îi fugiră la sufrageria caldă de acasă. Când se mutaseră aici avuseseră un adevărat şoc cultural, dar el şi soţia lui reuşiseră să se acomodeze, iar casa lor simplă devenise treptat un adevărat cămin. Fiica lor era la facultate la Reykjavík, iar fiul lor rămăsese cu ei, locuia la subsol şi mergea la un colegiu local.

Herjólfur urma să aibă câteva zile de concediu, asta dacă Ari Thór se înzdrăvenea suficient încât să se întoarcă la serviciu. Îşi cumpărase bilete de avion de la Akureyri şi mai găsise două bilete la teatru în Reykjavík. Era genul de activitate pe care voia s-o transforme într-un obicei, să ia o pauză de la rutina cotidiană ori de câte ori avea ocazia. Acum, în crucea nopţii, fiind încă de serviciu, se concentră la călătoria din viitorul apropiat, folosind-o ca pe o plasă de siguranţă care să-l convingă că totul avea să fie bine când intra în casă.

Mintea îi rătăci la soţia lui. Erau căsătoriţi de douăzeci şi doi de ani. Ea rămăsese însărcinată la începutul relaţiei, aşa că făcuseră nunta la scurt timp după aceea. Nu existase nicio urmă de ezitare sau, la drept vorbind, de alegere. Hotărârea nu avusese nimic de-a face cu credinţa, ci mai degrabă cu tradiţia bunei-cuviinţe pe care el o respecta. Fusese crescut cum se cuvine şi credea cu tărie în importanţa exemplului personal. Şi se iubeau, fireşte. Nu s-ar fi căsătorit niciodată cu o femeie pe care n-o iubea. Apoi li se născuse fiica, iar micuţa devenise imediat lumina ochilor lui. Acum avea puţin peste douăzeci de ani şi studia Psihologia, chiar dacă el încercase s-o convingă să aleagă Dreptul. Era un drum care ar fi condus-o spre colaborări cu poliţia, legat cumva de lumea legii şi ordinii – lumea lui.

Băiatul apăruse trei ani mai târziu. Acum avea nouăsprezece ani, era un flăcău liniştit şi conştiincios, în ultimul an de colegiu. Poate că urma *el* să facă Dreptul, sau să se înscrie direct la Academia de Poliţie.

Herjólfur făcuse tot ce-i stătea în puteri să le ușureze drumul în viață. Avea suficientă influență în poliție și ar fi tras cu bucurie câteva sfori pentru ei dacă ar fi ales un astfel de viitor. Pe de altă parte, era conștient că tinde să pună prea multă presiune pe ei și-și reproșa asta, însă era mândru de copiii lui și speranța lui cea mai puternică era ca și ei să simtă la fel despre el. Era conștient că muncise din greu și reușise să se aducă pe sine și familia lui într-o situație confortabilă într-un mediu dur. Nu uita niciodată că serviciul venea la pachet cu propriul set de presiuni.

Familia ieșise prost din criza financiară, practic fiecare bănuț economisit dispăruse peste noapte. Urmaseră zile grele, nopți nedormite, avusese nervii întinși la maximum și simțise o frică necontenită care-și arunca umbra pretutindeni. În sfârșit, lucrurile păreau să înceapă să se stabilizeze din nou. Primise un post decent în orașul acesta nou și aveau cu toții împreună un statut nivel de viață confortabil, chiar sigur. Cu toate că niciunul dintre ei nu vorbise vreodată despre asta, știa că Ari Thór candidase și el pentru funcția de inspector. Ari Thór era un aliat apropiat al lui Tómas, fostul inspector de la secția din Siglufjördur, care se mutase cu serviciul la Reykjavík. Herjólfur avea și el cunoștințe, însă laudele sincere și sprijinul îndreptate de Tómas către Ari Thór nu prevestiseră nimic bun. Și totuși, postul îl primise el, nu Ari Thór – un tânăr pe care Herjólfur încă nu izbutise să-l citească. Ari Thór nu se arăta deosebit de vorbăreț și nu era ușor să-și dea seama ce gândește. Nu știa dacă-i poartă ranchiună pentru cum se petrecuseră lucurile. Nu lucrau împreună de mult timp. Fiul lui Ari Thór se născuse la sfârșitul anului trecut, în Ajunul Crăciunului, iar tânărul își luase patru luni concediu de paternitate și încă o lună concediu de odihnă. Nu erau prieteni și nici relațiile dintre ei nu erau apropiate, dar se aflau încă la început.

Simțurile lui Herjólfur se ascuțiră și alungă orice gânduri despre colegul lui când coborî din mașină și începu să se apropie încet de casă. Avea din nou sentimentul acela. *Sentimentul că ceva nu e deloc în regulă.*

La nevoie, își spunea că s-ar fi descurcat cu ușurință împotriva unui singur individ. Doi ar fi fost prea mult, acum că vârsta își spunea cuvântul și nu mai era la fel de în formă ca în tinerețe. Scutură din cap, parcă încercând să îndepărteze orice urmă de suspiciune nejustificată. Existau toate șansele să nu găsească pe nimeni în clădirea din fața lui. Se miră de neliniștea care-l cuprinsese.

Pe stradă nu trecea nicio mașină. Puțini găseau vreun motiv să vină în Siglufjördur în perioada aceea a anului, cu atât mai puțin la miezul nopții și pe o vreme atât de potrivnică. Conform calendarului islandez vechi, prima zi oficială de iarnă era weekendul următor, dar asta nu făcea decât să confirme ceva ce aici, în nord, știa deja toată lumea – venise iarna.

Herjólfur se opri pe loc, observând deodată un fascicul de lumină – o lanternă? – în clădirea veche. Prin urmare, în umbrele acelea chiar se ascundea cineva, poate chiar mai mult de o persoană. Herjólfur deveni tot mai bănuitor în privința pontului primit și îl cuprinse surescitarea.

Să strige și să se dea de gol sau să încerce să se apropie de casă fără să scoată vreun sunet ca să poată evalua situația?

Scutură iarăși din cap și se adună, înaintând aproape furios. *Nu mai fi moale. Nu mai fi așa de moale!* Știa să se bată și era foarte probabil ca intrușii să nu fie înarmați.

Sau erau?

Fasciculul de lumină care dansa îi atrase din nou atenția lui Herjólfur, iar de data asta îi străluci drept în ochi. Se opri, luat prin surprindere, mai înspăimântat decât îndrăznea să recunoască și față de el însuși, și miji ochii în lumina orbitoare.

– Poliția! strigă el cu toată fermitatea de care era în stare, însă tremurul din voce îi trăda spaima.

Vântul spulberă mare parte din forța pe care încercase s-o dea cuvintelor, însă cei dinăuntru, din spatele ferestrelor larg deschise spre întuneric, îl auziseră.

– Poliția! repetă el. Cine-i acolo?

Lumina căzu a doua oară asupra lui. Avu sentimentul copleșitor că trebuie să se miște, să găsească un adăpost. Dar ezită, conștient în tot răstimpul că nu-și ascultă instinctele. Un ofițer de poliție este o autoritate, își reaminti. N-ar trebui să se lase intimidat, să simtă nevoia să se ascundă.

Cu băgare de seamă, făcu un pas înainte, spre casă.

Atunci auzi împușcătura, asurzitoare și mortală.

2

Nu era prima oară când plânsetele copilului îl trezeau pe Ari Thór. Se uită la ceas și văzu că era ora cinci și jumătate. Se culcase devreme, după două zile de luptă cu o gripă de toamnă agresivă, dar tot ar mai fi vrut să doarmă.

Kristín stătea acasă în ziua aceea. Începuse de curând să lucreze din nou la spitalul din Akureyri, dar numai cu jumătate de normă.

Tot ce ținea de copil era organizat riguros, uneori prea organizat în opinia lui Ari Thór. Era obligatoriu ca legumele să fie organice, nimeni nu trebuia să ridice tonul în preajma lui, iar când micuțul începea să meargă de-a bușilea pe podea aceasta trebuia, la modul ideal, să fi fost curățată lună cu doar câteva clipe înainte.

Băiatul împlinea în curând zece luni. Ari Thór îi propusese Kristínei să lucreze din nou cu normă întreagă. Spitalul o aștepta, abia făcea față cu personalul redus. *Nu poți să ții copilul în puf la nesfârșit.*

Iar dacă Ari Thór mai stătea mult acasă în loc să fie la birou risca să-și piardă slujba. Auzise vorbe cum că o să fie adus un polițist nou în echipa din Siglufjördur, însă zvonurile nu se concretizaseră. Peste tot se făceau reduceri de personal și economii. Un agent îl înlocuise în perioada concediului de paternitate, dar se întorsese între timp la Reykjavík.

Rolul de tată era important pentru el, dar era dificil și, din când în când, devenea fără îndoială o sursă de tensiune între el și Kristín. De asemenea, Ari Thór, fiind singur la părinți, nu avea niciun fel de experiență cu copiii și îi fusese greu să se obișnuiască până și cu lucrurile de bază. Așteptase câteva zile după naștere înainte să deschidă subiectul. Știa că acest lucru avea să fie un măr al discordiei între ei, iar problema ținea numai de cât de gravă avea să fie cearta, nu dacă urma să existe un conflict. Pentru început, în lumina rozalie a nașterii primului său copil, nici prin cap nu-i trecuse că numele o să fie o chestiune atât de importantă. Poate că nu era o idee bună s-o țină pe-a lui și să tulbure armonia desăvârșită care coborâse asupra lor. Însă sentimentele îi ieșiseră din nou la suprafață – numele copilului conta. Ari Thór Arasson era alegerea limpede – o să boteze copilul cu numele tatălui său, care murise mult prea tânăr.

– Înseamnă că o să numești copilul și după tine, observase Kristín când reluaseră discuția. Dar cu tatăl meu cum rămâne? E corect să renunțăm la vreunul dintre ei?

Ari hotărî să nu dea replica evidentă că tatăl lui nu mai trăia și că numele ar fi fost o binemeritată formă de prețuire. Era extrem de important pentru el, dar hotărî să nu mai pună paie pe foc.

Prin urmare, Kristín sugeră să-l boteze Stefnir: *cel care deschide calea*. Un nume puternic, dar care nu apărea în familia niciunuia dintre ei. Ari Thór întorsese chestiunea pe toate fețele o zi și-o noapte, ceea ce reprezenta un protest în sine, chiar dacă nu era sigur că mesajul fusese înțeles.

În cele din urmă acceptase. Numele îi plăcea îndeajuns de mult și considera că lupta pentru numele tatălui său era ca și pierdută.

Kristín se trezi când Ari Thór se foi în pat. Copilul dormea în camera lor într-un pătuț vechi și începuse să plângă tare. Ari Thór cumpărase pătuțul la mâna a doua după ce îl văzuse, alături de multe alte obiecte pentru copii, într-o reclamă afișată pe avizierul de plută de la magazinul Co-op din oraș. Aici, afacerile funcționau pe stil vechi și, cum Ikea nu deschisese vreun magazin nicăieri în zonă, piesele de mobilier ajungeau doar rareori la groapa de gunoi. Pătuțul arăta ca nou și nu se obosise să-i spună

Kristínei că, de fapt, nu era, pentru că ea probabil n-ar fi suportat să știe că nu fiul lor nou-născut a dormit în el pentru prima oară.

Kristín se ridică.

– Stai în pat, îi zise. Nu vreau să-l îmbolnăvești pe Stefnir.

Se bucură că putea să mai rămână întins. Se aștepta să mai aibă nevoie de cel puțin încă o zi de concediu medical, ceea ce însemna încă un schimb suplimentar pentru HerjÓlfur.

Nu vorbise mai deloc cu Herjólfur, noul lui șef. Fără îndoială era un personaj politicos și agreabil, precum și un polițist conștiincios, dar părea rezervat. Dezamăgit că nu fusese promovat, Ari Thór trebuia să admită că nu se străduise nemaipomenit de tare ca noul lui coleg să se simtă binevenit atunci când sosise aici. Relația dintre ei începuse cu stângul, iar Ari era sigur că n-avea să se apropie niciodată de Herjólfur cât se apropiase de predecesorul lui, Tómas, care fusese promovat în poliția din Reykjavík. Tómas îi spusese de mai multe ori, neoficial, că la un moment dat era posibil să vrea să se mute în sud la Reykjavík și să candideze pentru un post acolo. Lăsase de înțeles că și pe Ari Thór îl aștepta un post la Reykjavík, dacă și-l dorea.

Ari Thór nu știa cum să plece mai repede de acolo și discutase despre asta și cu Kristín. Deși părea vag interesată, îi amintise de promisiunea pe care o făcuse șefilor ei de la spitalul din Akureyri, orașul învecinat, că va mai lucra acolo cel puțin încă un an.

– Hai să ne gândim la asta anul viitor, îi spusese zâmbind. Viața într-un oraș mic nu-i așa de rea și aerul de mare îi face bine lui Stefnir.

Ari Thór oftase. *De ce era mereu atât de sucită? Mai întâi nici nu voia să audă de Siglufjördur și acum îi plăcea la nebunie!*

De fapt, în ultima vreme era neobișnuit de distantă, iar el nu prea înțelegea de ce. Sigur nu era tristețea postpartum – răceala aceea era nouă, iar băiatul avea deja aproape un an.

*

Pe Ari Thór îl trezi mobilul. Kristín îl dusese deja pe Stefnir jos, iar sunetul neîntrerupt al soneriei sparse liniștea fragilă. Se întinse după telefon ținând ochii închiși. Era la locul lui de pe noptieră, pornit zi și noapte, indiferent dacă era sau nu de serviciu. Nu avea de ales, într-o secție lipsită de personal dintr-o comunitate atât de mică.

Probabil că era Herjólfur care-l suna să vadă dacă se înzdrăvenise destul încât să se întoarcă la birou. Deși Herjólfur nu era vorbăreț, Ari Thór știa că el și Helena, soția lui, plănuiseră o călătorie în sud, la Reykjavík. Herjólfur îi spusese odată că nu le prea plăcea să-și petreacă timpul pe-afară și nu schiaseră niciodată, în ciuda pârtiilor excelente aflate chiar la ieșirea din oraş. Călătoria în sud, la teatru, era importantă, îi spusese Herjólfur, și Ari Thór știa că se așteaptă de la el să se însănătoșească până atunci pentru ca ei să poată pleca.

Răspunse fără să se uite la ecran și tresări auzind o voce de femeie. Nu era Herjólfur.

– Alo? Ari Thór?

Nu recunoştea glasul nesigur al persoanei cu care vorbea.

– Sper că nu te-am trezit.

– Alo? făcu el. Cine e la telefon?

– Sunt Helena, soția lui Herjólfur.

Ari Thór se ridică în capul oaselor. Văzu că era aproape ora șase. I-ar fi plăcut să mai zăbovească în pat.

– Bună, zise el, luat prin surprindere.

– Îl...

Ezită.

– Îl caut pe Herjólfur.

– Îl cauți?

– Nu s-a întors acasă după ce a plecat aseară. Asta-i tot ce știu. Eram pe jumătate adormită. Nu s-a întors și nici nu mi-a răspuns când l-am sunat.

– Nu-i la secție? întrebă Ari Thór. Cred că se aștepta să-mi țină din nou locul azi. M-a doborât afurisita asta de gripă...

– Am sunat şi la secţie, zise Helena. N-a răspuns nimeni.

Ciudat.

– O să încerc să-l sun şi, dacă nu-mi răspunde, o să arunc o privire în oraş, poate-i zăresc maşina pe undeva.

– N-ai vorbit cu el? întrebă Helena, chiar dacă răspunsul era evident.

– Mă tem că nu. Mă ocup eu şi ţinem legătura, zise Ari hotărât şi închise.

După ce tastă numărul lui Herjólfur, auzi tonul de apel, dar nu răspunse nimeni. Era greu să iasă în starea în care era, dar nu mai avea de ales.

Hotărî să nu îmbrace uniforma şi luă hainele pe care le atârnase la picioarele patului, apoi coborî în sufragerie. Kristín îi dădea lui Stefnir să mănânce terci – cel puţin se străduia, pentru că cea mai mare parte din mâncare îi ajunsese micuţului pe faţă.

– Trebuie să ies, am nevoie să-ţi iau maşina.

Aveau o singură maşină, a Kristínei, care era folosită doar pentru naveta între Siglufjördur şi Akureyri.

– Să ieşi? întrebă ea surprinsă. Nu eşti bolnav?

– Ba da, dar Herjólfur a...

Ari Thór nu prea ştia cum să se exprime.

– Pare să fi dispărut, spuse în cele din urmă.

– A dispărut?

Kristín zâmbi. Ari Thór îşi dădu seama cât de absurd părea ca în starea lui să plece în căutarea unui bărbat în toată firea.

– Vrei să-mi spui că ai pierdut ditamai poliţistul?

Băieţelul zâmbi spre el. Numai lui Ari Thór nu i se părea că situaţia e amuzantă.

– Vin repede, scumpo.

*

Deasupra oraşului, noaptea începea să facă loc zilei.

Ari Thór merse cu mașina până la secție ca să se asigure că Herjólfur nu era acolo, verificând chiar și înăuntru, ca să fie absolut sigur, dar nici urmă de el.

Trebuia să existe o explicație rezonabilă, dar cum încă era cheaun nu-i trecea prin minte niciuna. Conduse încet până în centru, apoi făcu un ocol larg pe străzile lăturalnice, dar nu văzu mașina colegului său. Înainte să meargă mai departe, Ari Thór hotărî că merita să arunce o privire pe singurele două drumuri care duceau în afara orașului, cel spre tunelul vechi din munte, Strákar, și cel spre tunelul nou, Hédinsfjördur.

Știa că nu e în formă să conducă, încă pe jumătate adormit, bolnav și slăbit, și creierul lui nu înregistră din prima imaginea mașinii parcată pe marginea drumului, în apropierea tunelului Strákar, lângă casa veche care rămăsese pustie și în paragină cu mult înainte să se mute el în oraș.

Tot mai neliniștit, Ari Thór simți că-l copleșește un presentiment rău, aproape ca o premoniție. În clipa aceea știu sigur că Herjólfur pățise ceva. Adrenalina îi oferi impulsul de energie de care avea nevoie ca să facă abstracție de gripă o vreme și să gândească limpede. Opri în spatele mașinii de poliție.

Zgribulindu-se sub ploaia înghețată, străduindu-se să-și obișnuiască privirea cu întunericul dinaintea zorilor, se uită prin geamurile mașinii, apoi deschise portierele ca să vadă dacă Herjólfur era înăuntru.

Gol.

Tot mai îngrijorat, Ari Thór studie peisajul dimprejur, munții înalți în care fusese pur și simplu săpat un drum și marea care se întindea în partea opusă. Casa abia dacă avea loc la marginea șoselei. Fusese ridicată pe ceea ce era practic un spațiu pentru depozitarea deșeurilor, iar dincolo de ea se căsca gura prăpastiei spre Marea Nordului. Înăuntru nu se vedea nicio lumină și nici urmă de colegul lui. Păși grăbit spre casă, cu haina strânsă pe el ca să-l ferească de vântul sub al cărui bici ploaia turbase, și se întrebă dacă l-ar fi auzit cineva strigând. Apoi văzu că nu mai era nevoie.

În pietriș, la câțiva metri de casa amenințătoare, zăcea un bărbat în uniformă de polițist. Era perfect nemișcat. Ari Thór îl lumină cu lanterna ca să se asigure că e Herjólfur, chiar dacă știa că nu poate fi altcineva. Sângele care formase o băltoacă în jurul bărbatului căzut îi tăie răsuflarea. Se opri o clipă, nevenindu-i să-și creadă ochilor, apoi se aplecă instinctiv să caute vreun semn de viață. Cu degetele tremurându-i, Ari Thór încercă fără succes să-i găsească pulsul și îi trecu prin minte că ar fi putut fi el însuși în pericol. Oare era mai bine să se îndepărteze de locul faptei și să cheme o ambulanță din mașină?

Apoi îl simți – era sigur că găsise o urmă vagă de puls. Sau era doar o amăgire, un semn al speranței care încerca să înfrunte realitatea?

Scoase telefonul din buzunar, șterse ecranul cu mâneca și sună la Urgențe, cerând o ambulanță. Vorbea pițigăiat, vocea îi suna ciudat și lui însuși. Ambulanța nu avea mult drum de străbătut, spitalul era la o aruncătură de băț. Explică situația cât mai concis și mai limpede cu putință.

– Mai trăiește?

– Așa cred, răspunse el încet; apoi, mai tare, hotărât: Cred că mai trăiește.

Altceva nu mai putea să facă. Nu putea risca să-l mute pe Herjólfur și nici să evalueze cât de grav rănit era.

Simți nevoia instinctivă să fugă, să se ascundă într-un loc sigur, dar nu-l lăsa inima să-și părăsească șeful. Se așeză lângă el, tremurând incontrolabil. În jur nu era nici țipenie de om, iar în dimineața aceea deasupra fiordului se așternuse un întuneric neobișnuit. Era o perioadă mohorâtă din an, când soarele își arăta rareori chipul, iar peste câteva săptămâni avea să se facă nevăzut în spatele munților vreme de două luni.

Văzu lumini în depărtare și, fără să vrea, începu să-i frece mâna lui Herjólfur.

– Vin acum, spuse el încet. O să fie bine.

Vântul îi zburătăci cuvintele. Îi trecu prin minte că probabil vorbea doar pentru sine.

Chiar atunci îl lovi un gând neplăcut, pe care încercă în zadar să-l alunge, să-l sufoce înainte să capete proporții. *Dacă Herjólfur nu se mai putea întoarce la serviciu, atunci postul de inspector îi revenea, fără îndoială, lui.*

Iulie 1982

În sfârşit mi-au dat un creion şi un caiet.

E un creion vechi, galben, prost ascuţit, iar caietul l-a mai folosit cineva, primele pagini au fost smulse neglijent. Oare a mai încercat cineva să-şi exprime în cuvinte dificultăţile şi neputinţa, aşa cum fac eu acum? Poate că pe paginile smulse erau nişte desene drăguţe, poate că cineva a reprezentat artistic perspectiva neschimbată a grădinii negre – asta dacă există cineva în stare s-o facă. Unele lucruri sunt atât de cenuşii şi de reci că, oricât de multă culoare ai aşterne pe o pagină, tot nu le-ai putea aduce la viaţă.

Mă simt puţin mai bine acum că pot să mâzgălesc câteva cuvinte pe hârtie, dar nu-mi dau seama exact de ce. Niciodată nu mi-a plăcut prea mult să scriu. Doar acum am sentimentul că scrisul mi-ar putea salva viaţa.

Probabil nici nu contează ce scriu în caietul ăsta. Poate o să scriu despre cum e să stau aici, despre sentimentele şi existenţa monotonă din locul ăsta. Orice, numai să rămân întreg la minte.

În ultimele nopţi abia dacă am pus geană pe geană. Soarele străluceşte puternic aproape zi şi noapte, iar draperiile astea grele nu ajută la mare lucru. Soarele se infiltrează prin ele ca să mă ţină treaz. Lumina nu pare să-l deranjeze pe colegul meu de cameră, care doarme tun toată noaptea. E la fel de tăcut şi în timpul zilei, nu spune multe, e zgârcit la vorbă. În inocenţa mea, am crezut că o să-mi placă aşa, dar dacă mă gândesc mai bine cred că nu-i deloc rău să ai cu cine să vorbeşti.

Cred că aş putea să vorbesc mai mult cu asistenta, dar nu prea vreau. Ea mi-a găsit creion şi caiet, a fost frumos din partea ei. Însă are ceva care mă descurajează să mă apropii prea mult. Ceva din privirea ei nu-mi place, ceva care-mi spune să n-am încredere în ea. N-am pretenţia că judecata mea e fără cusur acum, însă trebuie să mă iau după ce simt.

Luminile s-au stins de ceva timp, dar eu încă scriu în semiîntuneric. Am tras draperia deoparte ca să intre puțină lumină. Nu pare să-l deranjeze pe colegul meu, la fel cum nu-l tulbură nici zgomotul creionului care zgârie pe hârtie.

Simt cum oboseala mă apasă tot mai greu cu fiecare cuvânt pe care-l scriu. În sfârșit. E o senzație cunoscută, îndelung așteptată. Poate reușesc să înving lumina din timpul nopții dacă o îmbrățișez.

Gata. Acum trag draperia la loc și încerc să mă odihnesc.

3

Gunnar Gunnarsson trăsese multe sfori ca să obţină slujba. În urmă cu câteva luni fusese numit noul primar al municipiului format din Siglufjördur şi Ólafsfjördur, iar până acum reuşise să nu facă nicio gogomănie. Îşi crease o imagine de edil de încredere, energic, cu un comportament tineresc, şi arăta bine la costum, venind la slujbă în fiecare zi, investindu-şi energia în conducerea micuţei comunităţi. Era limpede că reuşise să tulbure socotelile şmecheraşilor din oraş, dar asta era de aşteptat. Bună-starea persoanelor fizice şi a companiilor nu coincidea întotdeauna cu aceea a comunităţii, iar problemele de planificare urbană deveneau deseori adevărate câmpuri de bătălie.

Prin ochii nevinovaţi ai propriilor copii, Gunnar văzuse că există granițe clare între bine și rău, între ce e corect și ce e greșit. Oamenii sunt fie răi, fie buni. Apoi, odată cu trecerea timpului, graniţele devin tot mai vag delimitate.

În adâncul ființei lui era un om bun, chiar dacă probabil avea câteva schelete în debara. Apelul acela îl zguduise puternic, îl trezise din ameţeală, iar acum ştia că trebuie să se adune.

Avea circumstanţe atenuante. Vremurile erau grele. Soţia lui se mutase în Norvegia şi îi luase cu ea pe cei doi copii. Nu divorţaseră, divorţul era un cuvânt pe care-l evitau, însă pe zi ce trecea se apropiau mai mult de el. Soţia lui era medic şi i se oferise un post la un spital mare din Oslo. La început, Gunnar se mutase alături de restul familiei, dar nu-şi găsise de lucru şi fusese dezamăgit că diploma în Ştiinţe politice primită de la o universitate islandeză nu-i deschisese multe uși în Norvegia. În ciuda încurajărilor venite din partea soției, nu reușise s-o facă pe soțul-gospodină, chiar dacă ea îi amintea că salariul ei în valoroasele coroane norvegiene era mai mult decât suficient pentru toți patru.

Gunnar se trezise devreme în ziua aceea și era obosit. În unele nopți, somnul era un lux trecător, inefabil. Ațipea și se trezea întruna, iar de odihnit nu se odihnea deloc, dar făcuse de mai multe ori nopți albe fără ca la primărie să observe cineva ceva. Bineînțeles, nu putea ascunde nimic de Elín, dar asta nu era o problemă.

Elín îl urma ca o umbră. Fuseseră colegi la facultate și făcuseră împreună primii pași în lumea jurnalismului. Erau prieteni foarte apropiați, lucru care nu avusese deloc un efect pozitiv asupra căsniciei sale. Grimasa pe care o făcea soția lui ori de câte ori era pomenit numele Elínei stătea mărturie pentru lipsa ei de încredere, de parcă ar fi pornit de la bun început de la premisa că e îndrăgostit de Elín și că se culcă cu ea. Trebuia să recunoască – dar numai față de el însuși – că era o femeie extraordinară, și inteligentă, și fermecătoare, dar până acum rezistase oricărei ispite. Nu-i trecuse niciodată prin minte că ea nu i-ar fi răspuns la avansuri, iar timpul doar îi confirmase bănuiala. Încrederea în sine era ceva de care nu dusese niciodată lipsă.

Acum, căsnicia lui era în punctul cel mai critic în care se aflase vreodată. O mie șase sute de kilometri și un ocean întreg îl despărțeau de soția lui, iar relațiile erau tensionate, amândoi erau nemulțumiți și se enervau din nimic. În condițiile acelea nimeni nu putea să-i ceară să rămână complet credincios, cel puțin nu trupește. Faptul că Elín părea să fie singură era doar o coincidență fericită.

Îi oferise postul de viceprimar în clipa în care aflase că el urma să primească funcția de edil. Mai întâi fusese nevoit să-i dea preavizul viceprimarului de atunci, iar Gunnar fusese bucuros să înceapă bătălia aceea, pentru că a scăpa de cineva apropiat de fosta majoritate din consiliu era pe placul noii majorități. N-avea de gând să se mute în nord fără proprii aliați, iar Elín urma să se potrivească de minune.

Nu-și dorise niciodată să fie numit primarul unui oraș atât de mic, dar nu era chiar așa de rău. Postul aducea cu sine putere și un salariu decent, plus o experiență folositoare în viitor. Luase inițiative și candidase pentru post când un prieten mai vechi de-al lui fusese ales în consiliu de către majoritatea aflată la putere. Gunnar îl contactase și descoperise că intenționau să angajeze un manager profesionist, astfel că numirea lui Gunnar le convenea amândurora. Îi picase în brațe cu o slujbă pe care mulți o doriseră, iar prietenul lui din consiliu se pomenise cu un primar în care putea avea încredere și pe care-l putea sprijini din umbră.

Fusese nevoie de o cireașă pe tort pentru ca numirea să fie pecetluită. În cele șase luni petrecute la Oslo, Gunnar candidase pentru un stagiu neplătit la un birou ministerial din Norvegia. Candidatura fusese primită favorabil, însă lui nu i se păruse vreo mare reușită, pentru că probabil acceptau pe oricine ar fi fost dornic să lucreze pe degeaba. I se puseseră la dispoziție facilități de studiu la un birou ministerial din centrul Osloului, unde învăța alături de studenți mult mai tineri decât el. Munca nu fusese nici pe departe entuziasmantă și nu-l ajutase nici faptul că nu stăpânea norvegiana la fel de bine pe cât scria în dosarul de candidatură. Dar, când își redactase CV-ul pentru postul de primar, în textul scrisorii de intenție stagiul devenise o slujbă, iar o lună se transformase într-o perioadă nedeterminată, purtând denumirea vagă de „consultanță pe teme de administrație parlamentară". Era limpede că experiența din Norvegia avusese efectul scontat în cadrul procesului de selecție – cel puțin așa auzise Gunnar după aceea.

N-ar fi ales niciodată Siglufjördur dacă ar fi avut acces la vreun oraș mai mare. Familia lui nu era din nord și, concret nu avea nicio legătură personală cu municipiul, însă faptul că nu era atins de tradițiile locale, de bârfe, de politica de oraș mic și de vechile ranchiune reprezentase o bilă albă pentru el.

Locuia în chirie în SiglufjÖrdur, într-o casă spațioasă din partea nouă a orașului, la umbra parapeților împotriva avalanșei. Deocamdată nu se acumulase o cantitate uriașă de zăpadă, dar impunătoarele ziduri de apărare îi dădeau, totuși, un sentiment de siguranță. Mulți credeau că era extrem de relaxant să se mute într-o comunitate atât de restrânsă de pe coastă, cu munții și marea la câțiva pași distanță. De obicei le cânta în strună și zâmbea, dar în sinea lui nu putea să priceapă ce era atât de fermecător la un loc singuratic, izolat și rece.

Stătea gol la masa din bucătărie, pe jumătate adormit, bând cafea neagră și uitându-se pe fereastră. Vremea din dimineața aceea nu însemna decât vânturi puternice și ploaie necontenită. Era imposibil să romanțeze puțin descrierea, chiar și în acest paradis bucolic. În zile ca aceea n-avea nicio tragere de inimă să iasă din casă. Sub nicio formă n-avea să rămână mult timp aici. Cei patru ani dintre tururile electorale erau suficienți, iar apoi va obține o slujbă mai bună, preferabil undeva mai aproape de un oraș mare și, la modul ideal, undeva în străinătate. Însă asta însemna să nu intre-n belele și să-și facă treaba cum se cuvine între timp. Doar nu avea ce să greșească într-un oraș atât de mic, nu? Nu, își răspunse singur. Nu aici era terenul minat. Viața lui personală era cea de care trebuia să se îngrijească. Sub nicio formă nu trebuia să distrugă succesul timid pe care-l repurtase, și avea câteva secrete care nu trebuiau să iasă niciodată la lumină. Uneori era propriul său dușman de moarte.

Apoi își aminti de apelul de la inspectorul de poliție. Era exact genul de individ mizerabil care-i putea strica toate planurile.

4

Ari Thór stătea în picioare pe coridorul spitalului.

În Herjólfur se trăsese cu o pușcă, de la mică distanță. Doctorul spunea că e o minune că supraviețuise. Era imposibil de crezut că Herjólfur fusese împușcat în timpul serviciului - așa ceva nu se întâmpla niciodată, cu atât mai puțin într-o comunitate atât de restrânsă. Dar nici accident nu putea să fie. În zonă nu aveai ce să vânezi, iar un vânător ar fi anunțat imediat autoritățile în caz că s-ar fi întâmplat un accident. Situația era ireală, tulburătoare. Reflectoarele presei urma să se îndrepte fără îndoială asupra cazului, îngreunând și mai mult ancheta.

Ari Thór își dăduse imediat seama, sau cel puțin intuise, că investigația trebuia condusă de cineva din exterior. Era conștient că subalternul victimei nu era deloc persoana cea mai potrivită să gestioneze un asemenea caz. Un telefon dat de dimineață șefului poliției din Akureyri îi confirmase bănuiala.

– Ai dreptate, îi spusese. Trebuie să numim pe altcineva care să conducă ancheta, dar vreau să participi și tu, Ari Thór.

Ari Thór avea propria părere despre cine era cel mai potrivit să se ocupe de caz și își permisese să facă propunerea.

Un ofițer dintr-un oraș învecinat fusese chemat să supravegheze locul faptei până soseau întăririle.

Herjólfur nu era mort, cel puțin nu încă. Ari Thór studie expresia de pe fața medicului când acesta le zise cât de grave erau rănile. Fusese cerut un zbor medical de urgență către Reykjavík.

Șeful poliției din Akureyri îi dăduse lui Ari Thór o misiune importantă, o sarcină care îl îngrozea. Rămase nehotărât în ușa spitalului, spunându-și că ar trebui să mai aștepte vești despre starea lui Herjólfur, dar în sinea lui știa că nu mai poate să amâne. Poveștile începeau să circule prin oraș cu repeziciune și nu trebuia ca la soția lui Herjólfur să ajungă mai întâi bârfele haine.

Se întrebă dacă să-l sune pe prietenul lui, reverendul Eggert, preotul orașului. Aproape pusese mâna pe telefon când se răzgândi. Herjólfur era încă în viață, iar prezența preotului ar fi transmis familiei un mesaj cât se poate de greșit.

Când plecă de la spital, orașul începea să prindă viață, chiar dacă vremea era atât de urâtă că nimeni nu se grăbea să iasă din casă. Sufla mult prea cunoscutul vânt nordic, cumplit de rece, cu care Ari Thór probabil că n-avea să se obișnuiască vreodată, iar ploaia puternică nu făcea decât să înrăutățească lucrurile. Câteva grade mai puțin și ar fi avut rețeta perfectă pentru viscol.

Lui Ari Thór aproape că îi era rușine că știa atât de puține despre familia lui Herjólfur. Își amintea că pe soția lui o chema Helena, dar nu făcuseră niciodată cunoștință. În dimineața aceea vorbise cu ea pentru prima oară, iar circumstanțele erau dintre cele mai nefericite. Oare câți copii avea Herjólfur? Îi spusese ceva despre niște copii, însă Ari Thór nu știa dacă avea doi sau mai mulți, cum nu știa nici ce vârstă au. Bănuia că sunt adolescenți. Herjólfur nu era vorbăreț, însă Ari Thór trebuia să admită că și el s-ar fi putut strădui un pic mai mult să-l cunoască. Știa că nu e vina lui Herjólfur că nu fusese promovat, însă stabilise cumva, mai degrabă inconștient decât voit, să păstreze relațiile cu el la un nivel strict format și profesional – să nu fie niciodată nepoliticos, dar nici să dea dovadă de prea multă prietenie.

Ezită când ajunse în fața ușii și așteptă o clipă înainte să sune. Ploaia se întețise, la fel și furtuna. În astfel de zile frumusețea neîndoielnică a fiordului și munților făcea loc stihiilor dezlănțuite, iar orașul devenea mohorât și foarte, foarte umed.

Brusc se simţi copleşit şi transportat în urmă cu cincisprezece ani, în timpul unei alte zile cu ploaie şi vânt. Copil fiind, Ari Thór se întorsese de la şcoală doar ca să găsească pe aleea din faţa casei o maşină de poliţie. Se oprise în ploaie ca s-o privească, încercând să câştige timp, la fel cum făcea şi acum. Îi trecuse prin minte gândul că poliţia era acolo ca să-i aducă veşti proaste şi avusese dreptate. Erau doi, un poliţist tânăr şi tăcut, celălalt mai în vârstă şi experimentat, cu o voce gravă şi o expresie serioasă întipărită pe chip, o echipă care, la fel de bine, ar fi putut fi el şi Tómas. Deja leoarcă din cauza ploii, Ari Thór nu izbutise să-şi reţină lacrimile.

Amintirile îl năpădiră şi trecură prin faţa ochilor lui ca un film, cadru după cadru, iar el rememoră totul cu o limpezime tulburătoare.

Uneori era mai bine să uiţi pur şi simplu.

Stătea pe scaun când primise vestea. Ari Thór se aşteptase la asta încă de când tatăl lui dispăruse fără urmă, dar ştirea îl nedumeri şi-l lăsă perplex. Nu era vorba despre tatăl lui. Era vorba despre mama. Mama lui îşi pierduse viaţa într-un accident de maşină. Şocul fusese de nedescris, iar tot ce ştia se schimbase într-o clipită. La treisprezece ani, copil încă, se maturizase în doar câteva momente. De atunci încolo fusese orfan. Era o piatră de hotar, un moment definitoriu pe care încă se străduia să-l depăşească.

Acum, din nou, stătea leoarcă în vântul şi ploaia necruţătoare, însă de data asta îşi schimbase rolul. Acum el era aducătorul de veşti rele şi, când sună din nou, ştia că nu mai are cale de întoarcere. Lumea lor n-avea să mai fie nicicând la fel.

*

Tânărul care deschise uşa era fără îndoială fiul lui Herjólfur. Înalt, cu o privire hotărâtă, părea să aibă în jur de douăzeci de ani şi semăna foarte mult cu tatăl lui. Parcă ştiind ce urma, îl pofti pe Ari Thór înăuntru fără un cuvânt, cu o expresie întunecată şi gravă întipărită pe chip.

Sufrageria era ciudat de neatrăgătoare, mobila desperecheată îi dădea un aspect rece și crea o atmosferă impersonală. *E mai degrabă o casă decât un cămin.* Singurul obiect viu era un pian vechi, negru, care părea folosit intens și prețuit.

O femeie de vârstă mijlocie care nu putea fi decât Helena, soția lui Herjólfur, stătea pe o canapea de piele albă al cărei aspect nou și nepotrivire în decorul general sugera că fusese cumpărată în grabă, necumpătat. Nu se ridică atunci când Ari Thór intră în cameră. Stătea nemișcată, cu o pătură roșie și groasă pe picioare, și se uita la el cu ochi goi.

Ari Thór se strădui să găsească vorbele potrivite, conștient de impactul pe care urmau să-l aibă, amintindu-și că, la rândul lui, se aflase într-o situație asemănătoare. Concentrarea îl dădea de gol, se vedea că și-ar fi dorit cu ardoare să fie oriunde altundeva, să nu fie obligat să aducă veștile cumplite acestei familii. În cele din urmă, spuse brusc:

– Herjólfur e la spital. Pare grav. Se pare că a fost...

Se opri, chinuindu-se să găseacă un mod delicat prin care să exprime realitatea.

– ...împușcat din greșeală.

Expresia de pe chipul Helenei nu se schimbă. Ari Thór se uită la fiul ei, care întâi îngheță, apoi se așeză fără un cuvânt lângă mama lui, ținând-o strâns de mână. Un spasm de durere îi fulgeră pe față când ea se întoarse pe canapea cu fața la el, mișcându-și anevoie un picior sub pătura roșie.

Ari Thór așteptă în tăcerea copleșitoare, își drese glasul și continuă:

– Nu și-a recăpătat cunoștința și cred că o să fie dus la Reykjavík cu un avion medical, probabil în câteva minute. Avionul de la Akureyri era pregătit și probabil a aterizat deja.

Făcu o pauză.

– Vreți să mă interesez dacă puteți merge cu el?

Helena clătină din cap.

– Nu cred că pot, zise ea.

Se uită la fiul ei.

– Trebuie s-o suni pe sora ta.

Așadar, doi copii. Ari Thór aşteptă, dar nici Helena, nici fiul ei nu spuneau nimic. Parcă încercau să-i dea de înțeles că e momentul să plece.

Tocmai voia să se scuze și să iasă când ea îl întrebă:

– Ai zis că din greşeală?

– Se pare că a fost rănit cu o armă de foc. Cineva a tras cu puşca de aproape.

– Cine? întrebă ea cu privirea încă pierdută undeva departe.

– Deocamdată nu știm, dar o să-l găsim, nu-ți face griji.

Îl mai întrebă ceva, cu un glas jos:

– Unde s-a întâmplat?

– În fața unei case vechi de lângă tunel, tunelul Strákar.

– O casă veche?

Îl privi nedumerită.

– Da, o casă abandonată.

– Vechitura aia? întrebă ea nevenindu-i să creadă. Ce căuta acolo?

Ari Thór se gândi câteva clipe înainte să răspundă. *Măcar de-aș ști*, își zise.

– Asta încercăm să aflăm, spuse cu toată convingerea de care era în stare.

Era tot mai stânjenit. Avea încă proaspătă amintirea polițiștilor care-l anunțaseră că mama lui murise, dar la fel de limpede își amintea și dorința să scape de ei cât mai repede ca să înfrunte durerea de unul singur.

– Știu că vă e foarte greu, zise ca să umple tăcerea. Te rog să mă suni dacă pot să vă ajut cu ceva. Vă dau de veste imediat ce am noutăți.

Helena se uită la el cu amărăciune, dar nu zise nimic. Slabă ca o trestie, cu un chip cu trăsături bine conturate și încadrat de părul negru ca de corb, avea o frumusețe răpitoare și când suferea.

Era greu să-i uiți înfățișarea. Ari Thór era sigur că avea să și-o amintească pentru totdeauna.

– Pot să rog preotul să vină pe la voi mai târziu, spuse. Poate să vă ajute să treceți prin toate astea, adăugă fără să vrea.

Nimeni nu făcuse moartea mamei lui mai ușor de suportat, cu atât mai puțin dispariția tatălui – nici preotul, nici altcineva. Își pierduse definitiv orice credință într-o putere superioară în ziua aceea ploioasă în care aflase soarta mamei lui.

Fiul lui Herjólfur vorbi pentru prima oară, nereușind să-l privească pe Ari Thór în ochi:

– Mulțumim de gând. Dar nu suntem prea religioși.

Ari Thór încuviință din cap și-și permise să schițeze un zâmbet.

Nu-și luă rămas-bun ci se retrase discret, în liniște. Nimeni nu-l însoți spre ieșire. Închise cu grijă ușa în urma lui și se îndreptă rapid spre mașină, silindu-se să nu alerge de-a dreptul.

Apoi auzi cum ușa se deschide și cineva îl strigă:

– Hei, Ari Thór...

Se întoarse și-l văzu pe fiul lui Herjólfur care stătea încruntat în prag și-l aștepta să se apropie.

Întinse o mână.

– Îmi pare rău, n-am făcut cunoștință... Sunt fiul lui Herjólfur, mă cheamă tot Herjólfur.

Ari Thór îi strânse mâna. Era cât pe ce se spună „sincere condoleanțe", dar se opri la timp. Ar fi fost prea mult, parcă ar fi acceptat că nu mai era nicio speranță. În loc de asta, spuse:

– E cumplit. Știu cum te simți.

Expresia de pe chipul băiatului arăta limpede că se îndoia de asta.

– Cred că știu ce făcea tata acolo, zise el.

– Serios? făcu Ari Thór, luat prin surprindere și brusc interesat.

– Mi-a zis ceva ieri, avea legătură cu un caz la care lucra. Probabil știi despre el...

Pentru Ari Thór era o noutate absolută.

– Păi..., începu el nesigur, nevrând să admită că Herjólfur nu avea suficientă încredere în el încât să-i spună și lui; hotărî să lase tăcerea să lucreze pentru el și să obțină mai multe informații.

– Era un caz cu droguri, zise tânărul Herjólfur în cele din urmă.

– Droguri?

– Da, oamenii se întâlnesc acolo să vândă iarbă, știi...

– Da, înțeleg.

– Tata a zis că pot să-l ajut, voia să-i spun dacă vreunul dintre colegii de la școală știe ceva despre asta. Sunt la colegiu aici, termin în primăvară.

Ari Thór îl așteptă să continue.

– Dar nu știu nimic. N-are nimeni încredere să-ți spună așa ceva când ești fiu de polițist.

– Da, te-nțeleg, spuse Ari Thór.

– Tata zicea că e ceva... ceva delicat la cazul ăsta, adăugă tânărul Herjólfur.

– Delicat? Cum adică? întrebă Ari Thór nejustificat de tăios.

– Cred că era ceva legat de politică, parcă așa am înțeles.

Ari Thór așteptă din nou ca Herjólfur să continue, dar acesta nu mai avea nimic de spus.

– Nu ți-a explicat mai multe? întrebă el în cele din urmă.

– Nu, din păcate nu.

Herjólfur lăsă capul în jos.

Ari Thór îi mulțumi pentru informații, își luă rămas-bun și se întoarse la mașină. Se uită scurt peste umăr înainte să urce. Herjólfur-fiul dispăruse, iar ușa casei mari se închisese în urma lui. Cerul continua să lăcrimeze, iar vântul își continua jelania. Ari Thór era bucuros că ieșise din casă și încheiase misiunea aceea, reușind, deocamdată, să-și țină la distanță propriile amintiri triste.

Însă era dureros de conștient de faptul că acesta nu era decât începutul.

Încă e noapte. Am reușit să dorm puțin.

Am venit la spital târziu într-o seară și nu voiam decât să mă întorc acasă, să mă cuibăresc în pat și să dorm. Bineînțeles că aș fi putut încerca să refuz să mă internez, însă Tata era deja hotărât, nu-l mai clintea nimic, și nu e el omul care să accepte un refuz.

Seara aia e tulbure, dar câteva lucruri tot îmi amintesc. Medicul de gardă, Helgi, a fost prietenos, dar ferm și a fost de acord că trebuie să vin aici. Tata a fost convingător, ca întotdeauna, iar eu doar am bălmăjit niște fleacuri, fără vlagă în glas.

Era tânăr, doctorul ăla, poate avea cinșpe ani mai mult ca mine. Cred că asta ar însemna să aibă treișcinci. Avea o voce profundă, o voce convingătoare.

Cât trebuie să stau aici? am întrebat.

Ar fi trebuit să spună: până vrei să pleci. Ăsta ar fi fost răspunsul corect.

Câtă vreme ai nevoie, a spus, având pe față o expresie care lăsa de înțeles că îmi e superior, mult superior. Parcă îmi fusese răpită orice putere de decizie, așa mă simt și acum, ca un somnambul, lipsit de voință, captiv în propriul trup.

Apoi mi-au recoltat sânge.

Văd de la fereastră că sunt la etajul întâi. Îmi amintesc cum am ajuns aici. Am fost dus pe un coridor lung, mi s-a părut dureros de lung. Pereții parcă erau din lavă întărită în forme zimțate, nefinisate; nu, erau ascuțiți în toată regula. Ar fi fost periculos să te prinzi de ei. Ce scriu aici parcă e rodul unei minți tulburate, dar așa era. Îmi amintesc limpede că, pe-atunci, îmi spuneam că dacă încă mai voiam cu tot dinadinsul să-mi fac rău nu trebuia decât să mă izbesc de pereții ăia blestemați. N-am făcut-o. Poate pentru că eram prea obosit, prea apatic, prea înspăimântat. Poate pentru că nu voiam, de fapt, să-mi fac felul. Câteva tăieturi nu foarte adânci pe antebraț, o tentativă de suicid nu foarte convingătoare, dar destul ca Tata să intre în panică și Mama aproape să facă o cădere nervoasă.

Chiar dacă nu vreau să fiu aici, sunt hotărât să rezist până la capăt. Poate că toate astea o să-mi facă bine. E cel mai bun lucru la care poți să te aștepți după ce s-a întâmplat, a zis Tata. Așa o fi, dar în sinea mea mă tem că s-ar putea ca lucrurile să stea fix pe dos.

5

– Știi ceva? E prima oară când mă întorc la Siglufjördur de când am vândut casa, zise Tómas încercând să se așeze confortabil într-un scaun care era limpede că nu fusese gândit să fie comod.

Ajunsese în oraș chiar în după-amiaza aceea. Stăteau în bucătăria secției, la fel ca pe vremuri. Ari Thór simți o urmă de regret. Deși făcuse toate eforturile să obțină postul de inspector când Tómas se mutase la Reykjavík, ar fi preferat ca lucrurile să fi rămas ca odinioară. I-ar fi plăcut să lucreze încă măcar câțiva ani alături de Tómas. Se înțelegeau bine: Tómas era răbdător și un bun dascăl, chiar dacă uneori se dovedea cumplit de încăpățânat. Herjólfur nu adusese nimic nou sau mai bun postului.

– Am trecut pe lângă fosta noastră locuință pe drum încoace, zise Tómas cu felul lui tărăgănat de a vorbi. A fost o senzație ciudată, ascultă la mine. Doctorul care a cumpărat-o s-a instalat acolo ca la el acasă. A pus perdele noi la toate ferestrele, când cele pe care le lăsasem erau foarte bune! Și a extins acoperișul și a construit un paravan – se pare că a montat și o piscină încălzită. O piscină încălzită!

Scutură din cap și oftă.

– A aruncat toate plantele și tufele.

Ari Thór zâmbi pentru prima oară în ziua aceea. Reușise să ajungă acasă după ce vorbise cu familia lui Herjólfur, sperând să se poată odihni puțin, dar nu avusese parte de liniște. Gripa încă nu ceda, chiar dacă reușea s-o înfrunte cât să nu-l doboare de tot.

– Ai ajuns repede, spuse Ari Thór.

Era aproape ora trei. Herjólfur fusese dus cu avionul în sud. Nu știa nimeni ce șanse are să-și revină și încă nu-și recăpătase cunoștința. Incidentul atrăsese deja atenția mass-media, chiar dacă încă nu se organizase o conferință de presă oficială. Un polițist împușcat era o știre uriașă, mai ales într-o comunitate atât de mică.

– Da, m-au sunat la o oră imposibilă, zise Tómas. Bănuiesc că tu m-ai propus.

– Cred că șeful avea aceeași intenție, se apără Ari Thór. Nu-s prea mulți polițiști care cunosc Siglufjördur, ceea ce te face candidatul ideal pentru o sarcină de genul ăsta, adăugă el și îi păru imediat rău că se exprimase așa – „sarcină" nu era cuvântul potrivit în situația aceea.

Tómas îi evită privirea lui Ari Thór.

– Înțeleg că o să mă ajuți cu ancheta, zise el. N-ar trebui să fie o problemă, câtă vreme oficial eu o conduc. Dar mi se pare mie sau nu te simți prea bine? întrebă apoi pe un ton mai blând, aproape părintesc.

– Păi, ar fi trebuit să fiu în concediu medical azi, dar bineînțeles că sunt gata să fac tot ce pot, replică Ari Thór. Suntem doar noi doi?

– Nici vorbă. Echipa de criminaliști a plecat spre locul faptei și o să scotocească fiecare centimetru din casa aia nenorocită. Și mai avem doi flăcăi, unul din Ólafsfjördur și celălalt din Akureyri, asta dacă o să fie nevoie de ei. O să meargă prin zonă din casă-n casă prin zonă ca să pună întrebări, să afle dacă a auzit cineva vreo împușcătură sau dacă au văzut ceva neobișnuit, dacă e vreo mașină necunoscută prin împrejurimi – știi și tu cum e... Nu-mi fac speranțe, dar nu se știe niciodată.

Tómas se ridică, gata de plecare. O vreme se uită pe fereastră. Ploaia încetase, dar orașul încă era cenușiu și mohorât. Lumina minunată în care se scălda vara dispăruse, însă farmecul iernii cu zăpada ei, desăvârșit ca într-un tablou, nu sosise încă. În această perioadă a anului, Siglufjördur parcă era captiv în purgatoriul dintre două lumi; cu siguranță nu era anotimpul preferat al lui Ari Thór.

– Bun, zise Tómas în cele din urmă și se întoarse. De unde-nce pem?

Ari Thór ezită. Era o întrebare la care nu se așteptase.

– De la armă, răspunse. Aflăm de unde provine arma.

– Corect, spuse Tómas. O să obținem un raport de balistică de la Reykjavík și să sperăm că o să ne poată spune ce fel de pușcă s-a folosit. Dacă arma e înregistrată, atunci n-ar trebui să fie greu să dăm de urma proprietarului.

– Nu știm sigur că arma e înregistrată, chiar dacă în mod normal ar trebui să fie, zise Ari Thór și îi povesti despre discuția de mai devreme cu fiul lui Herjólfur.

– Droguri zici? făcu Tómas gânditor. Drogurile n-au fost niciodată o problemă în Siglufjördur, deși, din câte am înțeles, au început să devină o pacoste de când s-a construit tunelul nou și orașul s-a legat la drumurile principale. Încă nu-mi dau seama dacă legătura asta e bună sau rea.

– Mai e și miza asta politiă – ai idee la ce se referă? întrebă Ari.

– Nu, nu-mi vine nimic în minte. Pe-aici nu-s chiar așa de mulți politicieni, doar câțiva consilieri locali care nu sunt chiar genul să se implice în afaceri cu droguri. Unii dintre ei sunt copii pe care-i știu de când purtau scutece.

Tómas afișă un zâmbet larg.

Ari Thór știa că nu trebuie să-l ia în serios pe Tómas când spunea „copii".

– Câțiva politicieni de la Reykjavík au case de vacanță aici, spuse Ari Thór gânditor.

– Nu-mi aminti. Îmi vine să plâng, zise Tómas.

Nu se sfiise niciodată să-și exprime părerile ferme cu privire la transformarea orașului Siglufjördur într-o zonă de case de vacanță. Piața imobiliară locală era în floare, în orice caz era mai efervescentă decât la începutul secolului când industria peștelui intrase în declin și orașul își pierduse din prosperitate. De atunci, localnicii care se mutaseră de acolo cumpăraseră în Siglufjördur clădiri transformate apoi în case de vacanță. Pasionații de schi făcuseră și ei același lucru, pentru că pârtiile stațiunii Skardsdalur erau o destinație deosebit de populară.

Ari Thór era contrariat de entuziasmul unora pentru schi. După ce venise în nord împrumutase de câteva ori niște schiuri și încercase să le folosească, dar avea impresia că ele îl controlează, nu invers. Bănuia că nu așa trebuia să se întâmple. Își reproșă că în acel moment critic își lăsase mintea să hoinărească.

Tómas continuă, parcă neobservând că tânărul nu era atent:

– N-ar fi rău dacă ar putea fi pusă în cârca vreunui străin. Faptul că s-a tras într-un om e o chestie extrem de neplăcută Dar cred că degeaba ne facem speranțe...

Tómas încă nu se așezase. Părea să gândească mai bine din picioare.

– Tot nu șim cu cine a vorbit Herjólfur aseară. Are telefonul blocat, dar sper să rezolvăm asta azi mai târziu.

– M-am uitat prin agenda lui de la birou și nu mi-a sărit nimic ciudat în ochi, zise Ari Thór. Am putea încerca să-i intrăm în contul de e-mail să vedem dacă găsim ceva acolo.

– Absolut, oftă Tómas. E-un coșmar afurisit. Un coșmar afurisit! Pur și simplu nu-mi amintesc ca vreun polițist să fi fost împușcat *vreodată* în țara asta. La comandament i-a cuprins o panică nebună pe toți. Așa ceva pur și simplu n-ar trebui să se-ntâmple!

– Nu..., zise Ari Thór neatent, lovit de un gând tulburător chiar când rostea cuvintele. Puteam fi eu în locul lui.

Tómas se încruntă și rămase tăcut o clipă.

– E posibil.

– E mai mult decât posibil, spuse Ari Thór tăios. *Eu* ar fi trebuit să fiu de serviciu azi-noapte. Gripa asta mi-a salvat viața.

– E posibil, repetă Tómas răbdător. Desigur, nu putem să nu luăm în calcul faptul că poate chiar Herjólfur a fost ținta.

– Nu, nu cred una ca asta, zise Ari Thór ferm, încă zguduit de gândul că s-ar fi putut afla în locul lui Herjólfur iar Kristín în al Helenei.

Ar fi însemnat ca micul Stefnir să rămână fără tată, iar Ari Thór nu avu curajul să se gândească mai departe de atât.

– Cine-ar fi vrut să-l omoare? Nu e ca și cum am fi trâmbițat că el era de serviciu în locul meu.

– Orice-ar fi, spuse Tómas tot mai nerăbdător, trebuie să aflăm mai multe despre Herjólfur. Vorbește cu soția lui după ce se... după ce-și revine, măcar puțin. A deranjat pe cineva din oraș? A fost amenințat?

– Soția lui mi-ar fi spus așa ceva, zise Ari Thór.

– Ești sigur? Mă îndoiesc că avea chef de vorbă după o veste ca asta.

– Nu avea, recunoscu Ari Thór. N-a zis cine știe ce și părea să fie în stare de șoc.

– O să trecem mâine pe la ea. Am auzit că nu se simte bine de ceva timp, adăugă Tómas.

– Nu se simte bine? Ce-a pățit?

– Nu-s sigur. Știu că Herjólfur tocmai ieșise dintr-un concediu de un an când a fost promovat și a primit postul aici. A reușit să și-l prelungească pentru a avea grijă de soția lui.

– Concediu de un an? E ceva... Chiar a făcut sacrificii pentru ea.

– Hmm. Nu știu ce să zic, comentă Tómas și coborî glasul de parcă Herjólfur i-ar fi ascultat de dincolo de ușa bucătăriei. A primit salariul întreg pe toată durata absenței.

– A primit salariu întreg? Nu-i rău deloc! E clar că avem un sindicat ca lumea.

– Nu-s sigur că sindicatul a avut vreo legătură cu hotărârea asta. Are cunoștințe unde trebuie. Pe vremuri, tatăl lui a fost o legendă, un polițai de modă veche, înalt în grad și influent. Era viclean. Țin minte că l-am întâlnit o dată – un personaj dur, ce mai... Acum a murit, bătrânul. Dar se poate spune că Herjólfur are sânge albastru, în poliție e ca și cum ar fi membru al familiei regale, înțelegi?

– De asta a primit el postul și nu eu?

– E foarte probabil.

Ari Thór rămase tăcut.

– Și mai e ceva. Casa aia veche de lângă tunel. Locul ăla are o istorie tare ciudată. La jumătatea secolului trecut locuiau acolo doi frați gemeni, care moșteniseră casa de la părinții lor. Într-o noapte, cam prin 1960, unul dintre gemeni a fost găsit mort în spatele casei, părea să fi căzut de la balcon. A umblat vorba că băuse cu o seară înainte, pentru că gemenii avuseseră un oaspete, dar din câte știu nimeni n-a aflat ce s-a întâmplat de fapt. Unii spun că fratele rămas în viață e vinovatul, că și-a pierdut mințile. S-a schimbat complet după întâmplarea asta, s-a izolat de toți. Chestiunea a fost lăsată să treacă de la sine, cum se întâmpla pe vremea aia cu toate cazurile ciudate. Unii spuneau că bărbatul pur și simplu a căzut. Eu, cel puțin, asta am auzit…

– Crezi că există vreo legătură între cazuri? întrebă Ari Thór curios.

– Mă îndoiesc. Dar trebuie să luăm în calcul toate posibilitățile.

Ari Thór se ridică prea repede. Tot nu se simțea bine. I se învârtea capul și-i era greață, dar se forță să-și revină. Pe frunte îi apărură broboane de sudoare.

– Sigur ești în stare?

Tómas părea gata să-l trimită acasă, în pat.

– Normal. Mă simt bine.

Glasul îi era ferm, însă tot neconvingător.

– Cum vrei. Hai să pornim. Cred că e bine să începem cu Addi Gunna. Trebuie să fie acasă.

– Addi Gunn? Cine e?

– Addi Gunna, nu Addi Gunn. Pe mama lui o chema Gunna, de-acolo și numele. Tatăl lui a fost un târâie-brâu din Reykjavík. Gunna s-a născut și a crescut în Siglufjördur, era dintr-o familie bună de-aici, dar Addi – ei bine, el a avut parte de suişuri şi coborâşuri toată viaţa.

– N-am auzit niciodată de el.

Ieşiseră în faţa secţiei.

Tómas se aşeză în maşină.

– Nu mă mir, încă eşti ca şi nou-venit. Cei din Siglufjördur îl ştiu pe Addi Gunna. Multă vreme a fost – poate încă mai e – singura persoană din oraş care a făcut închisoare pentru că a umblat cu droguri, probabil că de mai multe ori. S-a mutat în nord acum zece-cinşpe ani, când a murit mama lui, şi de-atunci nu s-a mai atins de ele, cel puţin nu la vedere. Cât am fost aici, am stat mereu cu ochii pe el. Nu m-aş mira să mai lucreze în branşă, chiar dacă are vreo şaizeci de ani. Poate că doar e mai discret decât era pe vremuri.

– Nu mi-ai zis nimic de el înainte să pleci, spuse Ari Thór aproape supărat. Mi-ai fi putut spune *ceva*, măcar.

– Păi... cumva nu mi s-a părut cinstit să te rog să-l supraveghezi pe bătrânel. Şi întâmplarea face că suntem rude, veri de gradul doi.

Ari Thór îl privi pe Tómas în tăcere. Lucrurile se complicau din ce în ce mai mult, iar brusc Ari Thór se simţi din nou lăsat pe dinafară, acelaşi sentiment pe care-l avea de când se mutase aici. Se simţea ca un străin într-un loc în care toată lumea avea legături cu toată lumea şi nimeni nu era complet de încredere.

6

– Tómas! Îmi pare bine să te văd, vere.

Își strânseră mâna.

– Mă așteptam să treci pe-aici. Am auzit știrile de la prânz la radio, zise cu o voce aspră și sigură.

– El e..., începu Tómas dar fu întrerupt.

– Ari Thór Arason. Știu, zise Addi, încheind propoziția în locul lui.

– Ne cunoaștem? întrebă Ari Thór trecând imediat în defensivă.

Nu-și amintea să-l fi întâlnit pe bărbatul acela vreodată și era un personaj pe care ar fi fost imposibil să-l uiți. Arăta mai degrabă de șaptezeci de ani decât de șaizeci, era înalt și slab ca o așchie, cu un chip îngust, vene și oase proeminente și ochi mari care parcă-i ieșeau din orbite. Purta un pulover gros de pescar și ținea o țigară care-i ardea mocnit între degete, o marcă de țigări subțire care fuseseră la modă în urmă cu câteva zeci de ani.

– Nu cred, răspunse el tărăgănat. Dar nu te supăra, băiete, toată lumea din oraș te știe. Kristín ce mai face? rânji Addi, dezvelind niște dinți galbeni.

– Nu ne poftești înăuntru? apucă Tómas să întrebe înainte ca Ari Thór să reacționeze la întrebarea aceea atât de personală.

Tânărul se strădui din răsputeri să rămână calm, să-și potolească furia care începea să clocotească în el. Cum îndrăznea haimanaua asta să-l întrebe despre Kristín? Era cumva o amenințare voalată?

– Înăuntru cu voi.

Apartamentul era rezonabil de îngrijit, cu excepția scrumierelor pline până la refuz de care te împiedicai peste tot. Mirosul de tutun aproape că te dobora. Ari Thór își aminti pe loc de apartamentul bunicii lui, unde crescuse după moartea părinților. Bătrâna se opunea vehement tutunului și alcoolului, așa că nu existau nicăieri scrumiere și nici nu se simțea vreo urmă de miros de fum vechi, dar ceva din locuință îl făcu să se gândească la trecut. Probabil că sufrageria era mobilată de mama lui Addi, o persoană din aceeași generație cu bunica lui Ari Thór. Nimic nu sugera faptul că Addi încercase să-și pună amprenta asupra apartamentului după moartea mamei sale, totul arăta că preferă să trăiască în umbra ei.

– Nu stați jos? întrebă el cu glas răgușit.

– Mulțam, dar nu, răspunse Tómas. Ne cam grăbim.

Ari Thór stătea lângă Tómas și tăcea, simțind că devine mai ostil cu fiecare clipă care trece.

– Bănuiesc că știi, sau măcar poți să ghicești care dintre polițiști a fost atacat, reluă Tómas.

Presei încă nu i se comunicase numele lui Herjólfur.

– Bine-nțeles. Doar n-ai venit să-mi zici asta.

Addi se așeză într-un fotoliu de culoarea vinului roșu.

– Știi casa unde s-a tras?

– Ar trebui s-o știu? întrebă Addi pe un ton aproape jucăuș.

– Casa veche de-acolo sus de lângă...

– Da, da, o știu, îl întrerupse Addi.

– Credem că Herjólfur ancheta o afacere cu narcotice care se desfășura acolo, spuse Tómas formal. Știi ceva despre asta?

– Ai tupeu, vere, să mă-ntrebi dacă vând droguri și-mpușc afurisiți de polițai!

– Haide, Addi! izbucni Tómas.

– E culmea, ești condamnat o dată dar rămâi infractor pe veci!

– Ai fost condamnat de mai multe ori, spuse Tómas.

Addi râse.

– Vere Tómas, n-am nici cea mai vagă idee.

– Nu-l lăsa pe bătrânel să te supere, zise Tómas după ce ieșiseră din apartamentul lui Addi și erau deja în mașină. Mereu a fost așa.

Ari Thór răspunse cu glas tremurat:

– Nici gând.

Nonșalanța cu care Addi îl întrebase despre Kristín îl înfuriase. Dacă exista ceva de care îi era frică lui Ari Thór, acel ceva era temperamentul lui, mai ales dacă simțea chiar și cea mai mică amenințare la adresa familiei lui. Spera să fi interpretat exagerat cuvintele lui Addi, dar continua să se teamă de ce era mai rău.

Tocmai am luat micul-dejun, sau ce numesc ei mic-dejun.

Pâine de secară cu unt și niște fructe, servite în clasicele tăvi de plastic. Nici n-aș fi catadicsit să mă duc la cantină, dar m-a trimis asistenta.

O să-ți facă bine, a zis.

În ultima vreme se pare că sunt multe lucruri care o să-mi facă bine.

I-am cântat în strună. N-aveam chef să mă cert cu ea. În prima dimineață am mâncat în pat, dar oferta nu mai e valabilă.

Se pare că nu fac destule eforturi să mă integrez printre ceilalți, printre ceilalți... ăăă... pacienți. N-am fost niciodată chiar timid, dar nu mă interesează să-i cunosc. Nu vreau să fac parte din grup, să mă număr printre ei. Locul meu nu-i aici. Cel mai mult am vorbit cu asistenta, chiar dacă nu-mi place de ea.

N-am fost niciodată timid, dar am avut mereu o teamă ascunsă într-un cotlon al minții. Poate că asta e teama care începe să iasă la suprafață, se luptă să iasă din ascunzătoare. Am avut întotdeauna o oarecare reținere, din câte-mi amintesc. Bineînțeles, există multe motive pentru ea, nu doar unul, sunt sigur.

7

Kristín era epuizată. Micuțul adormise în sfârșit, dar cu greu, pentru că după-amiază îl culcase mai târziu decât de obicei. Toate se întâmplau deodată. După telefonul din miez de noapte, Ari Thór venise acasă să-i dea vestea cumplită. Era un șoc atât de greu de suportat, încât la început nici nu-i venise să creadă.

Prima reacție a fost să se ofere să ajute.

– Pot să fac ceva? Pot să mă duc la spital acum dacă bona e liberă, zise ea intrând complet în rolul de medic gata să preia o urgență.

– Mersi, dar cred că o să fie trimis în sud, la Reykjavík, cât mai repede. E posibil să se fi stins deja.

Voia să-l întrebe despre rănile lui Herjólfur, să încerce să-i estimeze șansele de supraviețuire, dar nu-și găsea curajul să intre în amănuntele nenorocirii.

Își dădu imediat seama că Ari Thór ar fi trebuit să fie de serviciu, nu Herjólfur, însă avu grijă să nu spună nimic, din moment ce el era oricum foarte tulburat.

Ideea că l-ar fi putut pierde nu-i dădea pace, mai ales că se gândea în același timp la doctorul nou care începuse să lucreze de curând la spitalul din Akureyri. Era cu șapte ani mai în vârstă decât ea, divorțat, și se întorsese de curând din Suedia, unde studiase și lucrase. Era înalt și elegant, extrem de inteligent, dar și răbdător și atent cu cei din jur. Din anumite puncte de vedere semăna cu Ari Thór, din altele era exact pe dos față de el. Ari Thór era uneori ciudat de nechibzuit și egoist, tăios și predispus la stări de spirit mohorâte. Rămânea prins în trecut, nu izbutea să se împace cu ideea că-și pierduse părinții și, cine știe de ce, rana se încăpățâna să nu se vindece. Era prins și în problemele din prezent. Parcă îi era sortit să rămână înțepenit. Faptul că nu primise postul de inspector fusese o dezamăgire cruntă și nu mai era sigur dacă să rămână sau să plece, prin urmare Kristín luase decizia pentru amândoi. Îi plăcea Siglufjördur și îi convenea să locuiască acolo și să lucreze la spitalul din Akureyri. Nu era departe, acum, după ce fusese deschis noul tunel.

Era un orășel de-a dreptul fermecător, trebuia să recunoască, în ciuda scepticismului ei de la început. Îi plăceau zilele de vară lungi și luminoase, mirosul îmbătător al mării, aerul rece dar perfect curat care îi dădea noi puteri în fiecare zi, chiar și pe timpul iernii. Îi plăcea chiar și când ploua și bătea vântul, cum se întâmpla în ziua aceea – totul o făcea să se simtă vie. La drept vorbind, probabil chiar prefera lunile de iarnă în locul verii scurte, căldura întunericului care învăluia orașul – și faptul că acum, având la dispoziție noul tunel, putea să ajungă destul de ușor cu mașina în orașul învecinat Hédinsfjördur, un fiord abandonat. Iarna se bucura de întunericul aproape complet, noaptea se uita la cerul uluitor de limpede și înstelat și, când avea noroc, la aurorele boreale hipnotice. Dar Siglufjördur nu era locul în care să rămână și se hotărâse să-și continue studiile în străinătate după doi sau trei ani, când copilul mai creștea puțin.

Întrebarea era dacă Ari Thór urma sau nu să vină cu ei; și dacă *ea* își dorea sau nu ca el să vină cu ei. Cealaltă întrebare era dacă, sincer și obiectiv vorbind, relația lor avea vreun viitor. Întrebările cestea erau ca niște îndoieli de a căror existență era conștientă, r pe care le împingea suficient de adânc în minte încât să le ore. Asta până apăruse doctorul din Suedia. Kristín lucrase t timp împreună cu el după concediul de maternitate, când use să ia ture cu jumătate de normă la spital. Deveniseră at prieteni. De fapt, se înțelegeau deranjant de bine. Parcă nterese și opinii care se suprapuneau perfect. Luau pauzele de prânz și cafea în același timp și, chiar dacă niciunul dintre ei nu depășea vreo limită, se simțea în largul ei cu bărbatul acela. În sens strict, nu încălcase nicio regulă scrisă sau nescrisă a relației, nu se întâmplase nimic de care să-i fie rușine, dar știa că se află pe marginea prăpastiei și că nu poate să rămână mult timp acolo.

Îi plăcea tipul, doctorul, în privința asta n-avea nicio îndoială. Dar oare îl iubea? Nu. Dar pe Ari Thór îl iubea, sau minunatul lor băiețel se născuse ca umare doar a unei afecțiuni profunde față de el? Și oare îi putea face asta fiului ei, ar fi fost în stare să distrugă familia dacă putea să nu o facă?

Ari Thór nu prea greșise cu nimic. Devenise un tată bun, afectuos și grijuliu. Era limpede că voia să facă tot ce-i stătea în puteri ca fiul lui să crească într-un mediu fericit.

Cu siguranță nici nu-i trecuse prin minte că ea se gândea să plece, însă era o alegere la care Kristín cugetase intens în ultimele câteva săptămâni, cântărind avantajele și dezavantajele cu o răceală calculată.

Sosirea doctorului adusese dilema la suprafață. Bineînțeles că, într-o oarecare măsură, tipul făcea și el parte din problemă. Poate că voia să-și dea seama dacă ar fi putut construi o relație funcțională cu el. Simțea că are șanse cu bărbatul acesta, chiar șanse mari – dar, la fel de bine, poate nu făcea decât să-și imagineze ceva nu exista.

Era hotărâtă să nu facă nicio mișcare în direcția aceea, nu câtă vreme era încă într-o relație cu Ari Thór. Dacă alegea să sară în prăpastia aceea, urma să sară fără parașută. Nu putea concepe să nu-i fie credincioasă lui Ari Thór. Pur și simplu nu-i stătea în fire să înșele; el, însă...

El o înșelase cu fufa orașului, Ugla. Doar un sărut, se apărase el, dar era de-ajuns. Îi văzuse vina din ochi când o implorase să-l ierte. Îl cunoștea prea bine.

Nici nu-și putea închipui cum ar fi reacționat Ari Thór dacă l-ar fi părăsit și ar fi început imediat o relație cu un alt bărbat. Oare ar fi fost în stare să-și controleze furia? La drept vorbind, nu credea că ar reuși să se controleze. În el zăcea ceva întunecat pe care mai bine-l evita: era iute la mânie și în stare de o gelozie patologică. Oare cu timpul ar fi reușit ea să-l ajute să-și depășească acest defect?

Asta nu înseamnă că se simțea în pericol în preajma lui. Nici prin cap nu-i trecea că i-ar face rău. Dacă ar fi intrat în vreo primejdie, el ar fi fost acolo s-o protejeze și, fără îndoială, ar fi mers până-n pânzele albe ca s-o apere.

Dar avea *secretele* acelea. Nici după toți acei ani nu-i spusese adevărul despre dispariția tatălui său, despre care știa fără îndoială mai multe decât voia să recunoască. Era limpede că n-avea încredere deplină în ea. Kristín știa că e un subiect care-l macină, uneori striga după tatăl lui în somn, cu un glas în care se simțea o disperare uriașă...

Kristín încă mai avea timp să ia o hotărâre, iar ultimele câteva săptămâni fuseseră grele, nu dormise noaptea încercând să-și pună gândurile și sentimentele într-o oarecare ordine, calculând avantajele și dezavantajele dar nereușind să tragă o concluzie limpede.

Atacul asupra lui Herjólfur îi arătase cât de scurtă poate fi viața și cât de important e să iei deciziile corecte. Dacă voia să-l părăsească pe Ari Thór, trebuia să facă mișcarea cât mai curând.

8

Ari Thór și Tómas erau încă la secție și se apropia ora cinei. Telefonul sunase neîncetat toată ziua, iar Tómas vorbise cu presa ca de obicei, succint și formal.

Tómas porni micul televizor de la secție. Buletinul de știri de seară era dedicat aproape în exclusivitate focului de armă din Siglufjördur.

– Mai stai puțin și du-te acasă, zise Tómas. Rămân eu de noapte și mergem dimineață la locul faptei. Colegii de la criminalistică mi-au zis că nu mai au multe de făcut. Ai mai fost în casa aia până acum?

Ari Thór scutură din cap și se întinse după o felie de pizza. Tómas adusese două pizze calde de la pizzeria lui preferată din fața primăriei.

– Nimic nu-i mai bun ca pizza de Siglufjördur, zise el cu sosul de roșii scurgându-i-se pe bărbie.

Ari Thór simți că-l apasă conștiința la gândul că nu mai trecuse pe la Kristín de dimineață. Distanța până acasă nu era mare, dar spera ca ea să-l înțeleagă.

– Dacă mai rămâne ceva, iau două felii acasă pentru Kristín.

– Sigur, ia cu încredere. Ce mai face micuțul?

– Bine, răspunse, apoi își dădu seama că Tómas căuta un răspuns mai amplu. E ca un tănculeț, se târăște peste tot, acum încearcă să se ridice în picioare. Nu vorbește, doar bolborosește câte ceva și râde. Încerc să-i explic că se apropie Crăciunul și că i-am cumpărat mult prea multe cadouri.

Tómas nu se mai putu abține și zâmbi.

– Aș vrea să-l văd pe flăcău dacă tot sunt aici.

– Sigur.

– Nevastă-mea i-a croșetat un pulover, sper să-i vină. Voiam să vi-l trimitem înainte de Crăciun. Păcat că am plecat așa pe fugă și n-am apucat să-l iau cu mine.

– I-a croșetat un pulover? E prea mult, Tómas. Mulțumesc.

– Stai liniștit. Nu că aș fi avut vreo legătură, n-am croșetat în viața mea, zise el și zâmbi. Trebuie neapărat să veniți la noi la cină când aveți timp. Când crezi că mai treceți prin sud?

– N-avem niciun plan, dar părinții Kristínei se întorc din Norvegia la vară și cred că o să mergem destul de des în sud.

– Cum v-ați descurcat tu și Herjólfur singuri?

– Binișor, dar a fost destul de greu, ne mai ajută cei de la secția de pe coastă, din Ólafsfjördur, răspunse Ari Thór.

Îi fusese dor de discuțiile cu Tómas. Își dădea seama că probabil singurii prieteni pe care-i mai avea erau Kristín și Tómas. După ce se mutase în Siglufjördur nu prea mai ținuse legătura cu prietenii lui din Reykjavík, iar prin Siglufjördur nu-și făcuse alții, cu excepția lui Tómas. Sigur, mai era și Ugla, care încă locuia în oraș, dar nu vorbiseră de ani întregi. Îl poftise pe ușă afară când aflase că avea deja o iubită, iar acum nu îndrăznea nici să se mai uite la ea, știind cum ar fi reacționat Kristín.

Tómas aruncă o privire spre un birou pe care nu se aflau decât un computer și o tastatură.

– Văd că încă nu i-a luat nimeni locul lui Hlynur, spuse el mohorât.

– Nu. Încă nu.

Hlynur, Ari Thór și Tómas însemnaseră toată poliția din Siglufjördur până când primul își luase zilele în timpul unei anchete dificile despre o crimă. Ari Thór știa că Tómas nu-și revenise pe de-a-ntregul din starea de șoc și încă se învinovățea într-o oarecare măsură pentru ce se întâmplase. Ari Thór simțea că și el poartă o parte din vină pentru că nu făcuse niciun efort să se apropie de colegul lui când era limpede că-l supăra ceva dar, în același timp, el era pe atunci nou-venitul și își concentra mai toate eforturile ca să se adapteze în oraș.

Mobilul lui Tómas sună o clipă mai târziu și Ari Thór citi pe chipul lui că se întâmplase ceva.

Conversația nu dură mult și, imediat ce se încheie, Tómas se grăbi la computer.

– Vino aici, Ari Thór.

Vorbi cu un glas jos, răgușit.

Ari Thór nu era în starea în care să fie de serviciu. Nenumăratele griji care i se învârteau prin minte, boala, confuzia din caz îi consumau și ultimele rezerve de energie, iar epuizarea începea să-și spună cuvântul. Dar nu avea ce să facă, trebuia să meargă mai departe.

– Ce e? oftă el, ștergându-se pe frunte și apropiindu-se de vechiul lui prieten.

– Uită-te la asta, zise Tómas și arătă cu degetul pe monitor. Am primit lista numerelor la care a sunat Herjólfur înainte să fie atacat, dar și numerele de pe care a fost sunat. Stai jos și caută-le. Te miști mai repede ca mine.

Tómas se ridică și-l lăsă pe Ari Thór să treacă la computer.

– Începe cu ăsta. Ăsta e ultimul număr care l-a sunat pe Herjólfur.

Ari Thór căută în zadar.

– Nu e înregistrat.

– Atunci o să cerem mai multe informații, spuse Tómas. La ce alte numere a mai sunat, chestii de genul ăsta.

– O să fac o cerere, zise Ari Thór obosit.

Ploaia lovea puternic în geam, bătând un ritm sacadat care-i înrăutățea durerea de cap. La secție era cald și îl aștepta o noapte lungă. Ari Thór știa că n-o să-i pice deloc bine Kristínei. Detașarea ei din ultima vreme îl tulbura, dar nu avusese curaj să afle ce era în spatele acesteia.

Continuă să caute printre apelurile cele mai recente. Majoritatea erau nevinovate, câteva de la soția lui Herjólfur, altele chiar de pe telefonul lui Ari Thór și unul către un restaurant din Reykjavík.

– Voia să meargă cu soția lui la Reykjavík, explică Ari Thór. Mi-a spus pentru că voia să fie sigur că o mă simt suficient de bine încât să mă întorc la serviciu. Voia să-i facă o surpriză. Probabil că Helena nu știe nimic de planul lui. Poate ar fi trebuit să-i spun..., zise Ari Thór mai mult pentru sine decât pentru Tómas. Uite, ăsta merită cercetat.

– Care anume?

Tómas se apropie să vadă cu ochii lui.

– Gunnar Gunnarsson, primarul.

– L-a sunat pe Herjólfur? întrebă Tómas și miji ochii la ecran.

– Nu. Herjólfur l-a sunat pe el acum două zile.

– Trebuie să existe o explicație rezonabilă, spuse Tómas, prudent ca întotdeauna.

– Seara târziu, adăugă Ari Thór.

– Poftim?

– L-a sunat aproape la zece seara. O oră cam ciudată să-l suni pe primar.

Tómas încuviință.

– De acord. Poate ar trebui să-i batem la ușă. Mai bine mergem acum decât de dimineață, ce zici?

Ari Thór dădu din umeri. Încă simțea nevoia de confirmare din partea lui Tómas.

– Mie-mi convine, spuse el deși știa că nu face bine.

Era foarte, foarte obosit. Nu voia decât să ajungă acasă, să se întindă în pat și să se ocupe de tot restul mai târziu: de caz, de sarcinile de la Tómas, de comportamentul din ultima vreme al Kristínei.

– Întâi dă un e-mail în legătură cu numărul ăla neînregistrat, hotărî Tómas. Apoi dăm o tură cu mașina și te las să mergi acasă să dormi. Pari să ai nevoie.

Lui Ari Thór îi era neplăcut de cald, însă valurile de picături care se spărgeau de geamurile aburite promiteau răcoare. Asta era slujba lui, trebuia s-o îndeplinească, dar instinctul îi spunea că n-avea să fie o vizită obișnuită și că în inima orașului mustea ceva întunecat. Cineva încercase să ucidă cu sânge rece un polițist. Se aflau pe teritoriu necunoscut, așa ceva nu se mai întâmplase niciodată. N-aveau cum să-și dea seama dacă atacatorul urma să lovească din nou și îi era frică.

Asistenta spune că Dr. Helgi o să vină abia mâine. O să se intereseze dacă mă poate consulta.

Nu-i ușor să-mi dau seama câți ani are ea și nu reușesc să-mi fac curaj s-o întreb. Poate că în jur de patruzeci. E ușor plinuță la față – prea mult vin roșu și prea multe fripturi de-a lungul timpului. Are ochii obosiți și nu zâmbește niciodată. Nu suport oamenii care nu zâmbesc.

Dar, la fel de bine, poate că n-are nici măcar patruzeci de ani, iar dacă așa stau lucrurile atunci nu s-a îngrijit deloc. Nu-i genul meu, asta e clar.

Ceva nu-mi place la ea, o răceală care parcă i se ascunde în spatele ochilor.

Nu pot să scriu prea multe despre colegul meu de cameră pentru că nu spune niciodată nimic și nu prea face altceva în afară să doarmă. Singura parte bună la faptul că-l am în față toată ziua e că mă încurajează cumva să scap de letargie. Da, o să merg la ședința de mâine. Poate reușesc să aflu adevărul.

9

Primarul locuia într-o casă dintr-un nou cartier rezidențial din partea dinspre uscat a fiordului.

Trecu ceva timp până primarul răspunse la ușă, iar când apăru în prag era îmbrăcat într-un halat alb și papuci de aceeași culoare. Pe chip i se întipări o expresie uluită când îi văzu pe cei doi polițiști, însă își recompuse rapid figura într-una încântată, prietenoasă.

– Gunnar? întrebă Tómas cu politețea lui obișnuită.

– Eu sunt, veni răspunsul, însoțit de zâmbetul standard de politician.

– Mă numesc Tómas și am fost inspectorul de poliție din oraș vreme de mulți ani. Asta a fost înainte să vii tu, desigur.

Vorbea foarte sigur pe el.

– Cred că îl cunoști deja pe Ari Thór.

– Bineînțeles. Intrați, băieți. Scuze că nu sunt îmbrăcat la nivelul ocaziei, dar nu așteptam musafiri. Așa e când trăiești singur.

Îl urmară în sufragerie. Televizorul era pornit, iar pe masă rămăseseră resturile a ceva ce părea să fi fost o masă jalnică preparată la microunde.

– V-aș oferi ceva de băut, dar mărturisesc că rezerva e cam goală. Duc o viață cam de burlac, spuse el, dar scuza sună artificial. Soția mea e în străinătate. E medic.

Le făcu semn spre canapea, dar el nu se așeză.

– Care-s noutățile? întrebă el. Cum se simte Herjólfur? Mai e... printre noi?

– Mai e, răspunse Tómas și se opri.

– Slavă Domnului! E cumplit ce s-a întâmplat. De neînțeles. Atmosfera de azi de la primărie a fost foarte tăcută, și asta încă e puțin zis. Mulți au plecat acasă mai devreme. Fir-ar să fie! înjură el ridicând glasul. Nu-mi vine să cred că un polițist a fost împușcat aici, în Siglufjördur!

Ari Thór se uită la Tómas, sperând să intervină înainte ca Gunnar să se lanseze într-o tiradă politică despre siguranța polițiștilor aflați în exercițiul funcțiunii. Tómas nu-l dezamăgi și trecu direct la subiect.

– De ce te-a sunat Herjólfur acum două zile?

– Amândoi facem parte din comisia pentru siguranța în trafic, răspunse Gunnar pe loc, aproape înainte ca Tómas să termine de formulat întrebarea, ca un participant bine pregătit de la un concurs de cultură generală. Voia să discutăm câteva lucruri.

– Cum ar fi? întrebă Tómas adoptând același ton nonșalant.

– Mai ales despre sensul giratoriu și alte câteva chestiuni pe care trebuie să le dezbatem la următoarea ședință, răspunse Gunnar liniștit, parcă fără să aibă nevoie să se gândească. Nu-mi amintesc exact ce ne-am spus unul altuia, am multe pe cap. E o slujbă care te ține ocupat.

Un sens giratoriu? Ari Thór se întrebă dacă bărbatul chiar nu era capabil să inventeze o minciună mai bună.

– Care sens giratoriu? întrebă Tómas. E vreun sens giratoriu în Siglufjördur? Ce mult s-au dezvoltat lucrurile de când m-am mutat...

Ari Thór se ținea voit deoparte. Prefera să-și păstreze relațiile cu primarul la un nivel decent, iar discuția dădea semne că o să se termine prost.

– Păi, nu tocmai. E mai mult vorba să amenajăm sensuri giratorii ca să îmbunătățim siguranța în trafic. Înțelegi?

Expresia de pe chipul lui Tómas arăta clar că nu vedea niciun rost în amenajarea unui sens giratoriu într-un oraș atât de mic.

– Reduce numărul de cazuri de depășire a vitezei legale, adăugă mândru primarul intrând parcă din nou în rolul din campania electorală și încercând din răsputeri să-și convingă publicul.

– Depășirea vitezei legale n-a fost vreodată o problemă cât am lucrat eu aici, mormăi Tómas puțin cam tare.

– Nu, poate că nu. Dar acum orașul se deschide, sunt mai multe mașini în tranzit, poate a crescut și rata criminalității...

– De ce era atât de importantă chestia asta? întrebă Tómas pe un ton mai dur decât înainte.

– La ce te referi?

– La discuția despre sensurile giratorii. Era trecut de zece seara când te-a sunat Herjólfur.

De data aceasta, Gunnar ezită.

– N-aș putea să-ți spun de ce m-a sunat așa târziu. Țin minte că, la momentul respectiv, mi s-a părut cam deranjant. După cum vedeți, nu prea sunt genul care stă treaz până noaptea târziu.

Zâmbi și se uită în jos la halat.

– Nu i-am reproșat nimic, bineînțeles. Am fost amabil, ca întotdeauna. Ne-am construit o relație de colaborare foarte bună.

– Ați discutat și despre altceva?

– Sincer, nu-mi amintesc.

– Atunci ai vorbit ultima oară cu el?

– Da, așa e, atunci. Dar n-aveam de unde să știu ce-o să se întâmple, așa că n-a fost o discuție neapărat memorabilă. Și sper să nu se dovedească ultima...

O speranță cam deșartă, își zise Ari Thór amintindu-și de scena răscolitoare la care asistase în dimineața aceea. Parcă se întâmplase în urmă cu mai multe zile, dar groaza încă îi stăruia în ungherele minții, estompată numai de eforturile lui de a o ține acolo.

– A spus ceva despre casă? întrebă Tómas.

– Despre casă?

– Casa unde a fost împușcat.

Glasul lui Tómas era potolit. Gunnar părea tot mai agitat.

– Păi, de ce-ar fi zis ceva? întrebă Gunnar.

Tăcerea lui Tómas era asurzitoare.

– Bineînțeles că n-a zis nimic despre casă! izbucni Gunnar în cele din urmă.

Tómas se ridică repede în picioare și Ari Thór îl imită.

– Mulțumim pentru informații și scuze din nou că am dat năvală aici.

– Ce? Da, nicio grijă. Îmi pare rău că nu pot fi de mai mult ajutor.

– Poate mai târziu.

– Da, desigur. Da.

– Nu ezita să ne contactezi, Gunnar, dacă-ți amintești de ceva.

Îl lăsară pe primar în sufrageria lui, în halat.

– Acum te duc acasă, spuse Tómas când urcară în mașină.

– Ar fi minunat, zise Ari Thór neizbutind să-și ascundă oboseala din glas.

– Ce părere ai de sceneta primarului? întrebă Tómas privindu-și colegul hirsut.

Ari Thór se gândi câteva clipe.

– Nu l-am văzut niciodată să mintă atât de pe față, spuse cu glas jos. Ne ascunde ceva și am senzația că are legătură cu împușcarea lui Herjólfur.

10

Gunnar rămase nemişcat încă ceva timp după plecarea polițiștilor. Se așteptase să i se pună întrebări despre apelul acela, dar nu atât de repede și nu cu atâta vehemență.

Nu mai pusese gura pe alcool de doisprezece ani, dar încă mai existau momente când simțea că un păhărel i-ar prinde bine, că l-ar ajuta să se liniștească. Dar nu era prima oară când se simțea ispitit și nici nu era cea mai dificilă situație cu care se confruntase în acei doisprezece ani. Știa că o să depășească momentul.

Singurătatea devenise o povară mai grea decât i-ar fi plăcut să recunoască. Timpul petrecut la lucru nu era o problemă, dar seara, când se întoarcea acasă, îl întâmpina numai clădirea rece și goală, mult prea mare pentru el. Slujba era solicitantă și îi plăcea la nebunie să fie implicat în politica municipală, să observe clicile care se formau și să înțeleagă cum se încheiau alianțe pe diferite chestiuni. Faptul că orașul avea un primar străin era, fără îndoială, un avantaj, pentru că Gunnar nu avea partipriuri aici. La fel, era o idee inteligentă să aducă un străin care să gestioneze ancheta. Știa sigur că Ari Thór n-ar fi îndrăznit niciodată de capul lui să dea buzna în casa primarului și să-l amenințe, chiar și voalat, la o oră atât de târzie.

Se ridică și trase draperiile, o reacție inconștientă la felul în care polițiștii îi invadaseră casa. Izbuti astfel și să se ferească de întunericul de afară, însă de răpăitul ploii nu se putea adăposti. Fusese o zi cumplită din toate punctele de vedere. Presiunea atmosferică scăzută care aducea ploaia de octombrie avea un efect negativ profund și asupra stării de spirit a lui Gunnar.

Porni espressorul. De obicei evita să bea cafea seara, dar își zise că oricum n-ar fi reușit să doarmă prea mult.

Simțea nevoia să-i dea un telefon soției, nu ca să-i spună despre vizita polițiștilor ci doar ca să-i audă glasul. Nu era prea târziu să sune în Norvegia, însă relația lor devenise atât de tensionată că telefoanele deveniseră, fără un motiv anume, ceva de domeniul trecutului. S-ar fi mirat să primească un semn de viață de la el și ar fi vrut să afle motivul pentru care o suna, moment în care pe linia Siglufjördur-Oslo s-ar fi așternut tăcerea.

În loc de asta o sună pe Elín. Ar fi vrut să treacă pe la ea, dar nu era în stare. O vizită la ora aceea ar fi putut crea tot felul de neînțelegeri stânjenitoare. N-avea rost să dea apă la moară bârfelor despre primar și adjuncta sa, care, fără îndoială, circulau deja.

Răspunse rapid, la fel cum făcea cu tot restul. Fiind perspicace și având o minte brici, Elín se achita prompt de orice sarcină de serviciu i-ar fi dat.

– Tocmai a trecut poliția pe-aici, trânti el, fără să se deranjeze cu politețuri.

– Poliția? La tine acasă? întrebă Elín.

– Da.

– Și… ce voiau să afle? întrebă ea pe un ton reținut.

– De ce m-a sunat Hjerólfur alaltăieri, răspunse el, încercând să-și ascundă îngrijorarea.

Se lăsă tăcerea.

– Și ce le-ai spus? întrebă Elín în cele din urmă.

– Ce am stabilit, bineînțeles.

– Și te-au crezut?

– Păi, așa mi s-a părut. De fapt da, sigur m-au crezut.

Tăcerea se accentuă. Știa care e miza și că era foarte puțin probabil ca povestea să se fi încheiat acolo.

E prima zi când n-a mai stat nimeni în fața camerei mele.

Bineînțeles, încă verifică dacă-mi fac rău. Din fericire, mi-au lăsat și puțin spațiu de manevră. Ușa e ținută întredeschisă și pot să merg la toaletă și la duș de unul singur.

N-aș fi încercat nimic chiar dacă nu m-ar fi supravegheat nimeni. Deocamdată încă vreau să trăiesc, chiar dacă mi-e teamă, ca întotdeauna.

Cred că am trecut de ce-a fost mai rău, din moment ce nu mă mai țin sub observație în fiecare clipă, ca pe un copil mic.

Ședința de dimineață n-a decurs prea rău. Personalul și pacienții au vorbit ca și cum ar fi fost egali – la suprafață, evident. Nici țipenie de doctor, la fel ca în toate celelalte zile. Doctorii sunt păsări rare în secția asta. Am văzut asistente, personal medical și auxiliar. Nu sunt sigur cine ce face. Nimeni nu poartă uniformă, dar te prinzi cine face parte din personal pentru că țin tot timpul niște chei în mână.

La ședință n-am zis nimic, doar am ascultat. Discuția a fost în mare parte despre programul de azi. E toiul verii și majoritatea au vrut să iasă în grădinile spitalului. Eu trebuie să mai stau înăuntru câteva zile, cel puțin așa mi s-a spus. Oricum, mi-ar fi plăcut să ies la aer curat. Înăuntru e prea cald, aer închis sufocant. La capătul coridorului e un balcon mic și drăguț. Mi-ar plăcea să ies acolo, să respir aer proaspăt și să mă bucur puțin de lumina soarelui, dar ușile sunt încuiate mereu. Balconul e ca o fata morgana.

Ședința a devenit aproape amuzantă în dimineața asta când ceilalți pacienți au început să se plângă unii de alții. Unul dintre ei a cerut să fie mutat într-o altă rezervă pentru că bărbatul cu care stă acum e mereu nervos și aproape violent. Celălalt a sărit imediat să-l contrazică, atât de vehement că i-a confirmat spusele. Personalul n-a părut interesat să rezolve vreuna dintre plângerile minore ale pacienților, dar o ceartă de genul ăsta trebuie să aibă un scop. Mai detensionează atmosfera, le permite tuturor să-și verse ofurile fără să se ia la bătaie.

Bătaia vine mai târziu.

11

Ari Thór dormi prost în noaptea aceea. Se trezi de mai multe ori, fiindu-i apoi greu să mai adoarmă din pricina ploii care lovea acoperișul clădirii vechi. Casa lui era în general un refugiu cald, primitor și sigur, dar acum părea rece și amenințătoare.

De vină era gripa, dar în aceeași măsură și atacul asupra lui Herjólfur. Incidentul venise ca un șoc, dar când se gândea că el însuși scăpase la mustață... Dacă n-ar fi fost bolnav...

Nu doar grijile pe care și le făcea în legătură cu Herjólfur îl țineau treaz. La drept vorbind, nu reușise să-și creeze vreo relație cu noul lui superior. Bineînțeles că spera ca inspectorul să-și revină, sau cel puțin să supraviețuiască. Nu putea concepe ca un polițist să-și piardă viața în astfel de condiții, indiferent despre cine ar fi fost vorba. Iar acum că-i cunoscuse pe soția și fiul lui Herjólfur, Ari Thór simți un nou val copleșitor de compasiune față de familia colegului său.

El și Tómas păstraseră o tăcere deplină pe drumul scurt spre casă. Ploaia necontenită parcă prevestea sosirea iernii. Încă din prima iarnă petrecută la Siglufjördur, Ari Thór simțise o ușoară claustrofobie ori de câte ori zăpada începea să cadă abundent, chiar dacă noul tunel făcea aproape imposibil să mai rămână blocați în oraș. Când ajunse acasă, Kristín dormea deja și nu încercă s-o trezească.

În dimineața următoare se treziră amândoi pe la ora șase, ca de obicei, când Stefnir începu să-și facă simțită prezența prin scâncete – mai întâi încet, exista încă o șansă să adoarmă la loc dacă-l lăsau în pace, dar până la urmă se trezi de tot și începu să ceară atenție. Amândoi trebuiau să ajungă la serviciu, așa că de Stefnir urma să se ocupe bona care locuia în apropiere, o bătrână prietenoasă pe care Kristín o plăcea. Nu era niciodată ușor să-și lase copilul cu o străină, dar n-aveau de ales.

Kristín era neobișnuit de rezervată în dimineața aceea, deși de câteva săptămâni Ari Thór se învățase cu o anumită răceală din partea ei. Epuizarea îl făcea mai puțin tolerant decât era de obicei, chiar dacă nici atunci din toată inima. Se uită la potopul nemilos de afară și văzu degetele de gheață care începeau să se întindă pe cadrul ferestrelor a căror suprafață fusese învăluită într-o peliculă de abur și, cumva, simți că același lucru se petrecea și cu relația lui.

– E totul în regulă, Kristín?

– Da, sigur, răspunse ea fără să-l privească.

El așteptă o explicație plauzibilă, îi aruncă o privire rapidă, apoi se uită în altă parte. Își amestecă cerealele în castron și împinse schimbul de replici într-un cotlon al minții, așa cum se obișnuise să facă de mai mult timp.

*

Tómas îl luă pe Ari Thór și merseră cu mașina la casa veche de lângă tunel.

– Am vorbit cu divizia tehnică, zise Tómas când parcară în apropiere de locul unde fusese găsită mașina lui Herjólfur. N-au găsit nimic care să arate cine a fost în spatele atacului.

– Normal, zise Ari Thór. Nu mă așteptam la nimic atât de repede.

Se simțea mai bine acum, gripa începuse să cedeze, însă oboseala tot nu-l părăsea.

– N-am mai venit aici de foarte mult timp, spuse Tómas gânditor, în timp ce se apropiau de clădirea abandonată care lui Ari Thór i se părea că arată ca o casă bântuită.

Probabil că în trecut era impunătoare, dar de când căzuse în paragină își pierduse farmecul și devenise aproape amenințătoare. Casa parcă avea o aură a morții, chiar și făcând abstracție de incidentul pe care-l anchetau, își zise Ari Thór. Copiii din vecini probabil că o evitau, însă era locul ideal pentru afaceri dubioase cu droguri. Faptul că era construită pe marginea prăpastiei nu făcea decât să întărească senzația de primejdie care emana din pereții sfărâmați.

– Nu cred că am curaj să calculez câți ani au trecut de-atunci. Am avut de-a face cu sărmanul bătrân care s-a mutat aici după ce casa a fost abandonată, reluă Tómas.

– Când se întâmpla asta?

– Prin 1980, dacă țin bine minte. Geamănul rămas în viață a locuit în continuare aici, dar cred că a folosit doar o parte din casă, apoi a lăsat-o să cadă-n paragină. A murit destul de tânăr, iar după aia nu s-a mai deranjat nimeni să repare clădirea. N-ar fi meritat. Doar știi că prețul caselor din Siglufjördur n-a mai fost bun de zeci de ani, de când a dispărut heringul. Lucrurile abia acum încep să-și revină, dar zona asta oricum n-a fost cea mai populară din oraș, e prea departe de centru.

Lui Ari Thór îi trecu prin minte că, deși ar fi fost nevoie de multă muncă să fie reamenajată cum trebuie, casa putea deveni un loc atrăgător de închiriat pentru turiști. Zona era superbă, la capătul exterior al fiordului, cu o priveliște minunată când vremea era îndeajuns de bună încât să vezi ceva.

Pășiră pe ușa din față într-un coridor rece. Ari Thór n-avea o mare tragere de inimă să intre, dar nu voia să dea vreun semn de slăbiciune. Până la urmă era doar o casă, chiar dacă în același timp era și locul în care se petrecuseră două incidente groaznice: moartea misterioasă a geamănului și încercarea de a-l ucide pe Herjólfur. Ari Thór acționă întrerupătorul, dar în clădire nu părea să existe curent electric. Pe de altă parte, nici nu se așteptase la un asemenea lux.

– Ai grijă, Ari Thór, zise Tómas și scoase din buzunar o lanternă. Sufrageria e în stânga. Majoritatea ferestrelor au fost sparte cu mult timp în urmă. După ce a murit proprietarul, copiii din vecini se distrau pe cinste aruncând cu pietre în geamuri. Locul arată în halul ăsta și din cauza oamenilor, nu doar a naturii.

Tómas plimbă fasciculul lanternei prin sufragerie. Ari Thór văzu o masă șubredă, pătată și nelăcuită, și câteva scaune uzate.

– N-a luat nimeni mobila după ce-a murit proprietarul?

– Se pare că nu. N-aș putea să-ți spun ce s-a întâmplat, dar bănuiesc că toate lucrurile de valoare au fost luate.

– Trăgătorul probabil că a stat aici, zise Ari Thór. Herjólfur era pe pământ, chiar în fața ușii.

– Exact. Diviza tehnică a spus același lucru. N-avem nicio dovadă că s-a tras un foc de avertisment. Hai să aruncăm o privire și la etaj.

Ari Thór îl urmă pe Tómas în susul scării putrede care scârțâia la fiecare pas și îi amintea de stratul subțire de gheață de pe un iaz, gata oricând să li se sfărâme sub picioare. Păși foarte ușor, nedorindu-și să cadă pe trepte. Ținea o mână pe balustradă, dar îi dădu drumul imediat când simți că aceasta se desprinde din perete.

– Aici locuia fratele care a supraviețuit. Îl chema Börkur. Ei erau gemenii, Börkur și Baldur, zise Tómas și arătă spre o cameră mică de pe palier.

Fasciculul lanternei lumină un pat și o noptieră.

– Aici locuia bețivul ultima oară când am trecut pe-aici, reluă Tómas. Nu părea speriat să înnopteze aici.

– Speriat?

– Da, aici a murit Baldur sau, mai bine zis, a căzut de la balcon, spuse Tómas și trecu rapid cu fasciculul lanternei peste ușile balconului.

– Putem ieși pe balcon? întrebă Ari Thór.

– Habar n-am. Ia vezi.

Balamalele îl întâmpinară cu un protest, însă în cele din urmă ușile se deschiseră. Ari Thór se strecură pe balconul minuscul. Se uită la peisajul dimineții și gândurile i se întoarseră inexplicabil la Kristín. *Oare făcuse el ceva greșit? De ce se comporta așa ciudat?*

– Cât de veche e casa? îl întrebă pe Tómas.

– Nu-s sigur. Aș zice că a fost construită prin anii '30. E trainică. Tatăl lor a fost un pescar înstărit, dar după ce s-a înecat el băieții au fost crescuți de mama lor. Nu s-a recăsătorit.

– Se vede după balcon.

– Poftim?

Tómas apăru în prag.

– Vârsta casei. Azi nici prin gând nu i-ar trece cuiva să construiască un balcon cu balustradă atât de joasă. E un accident care cere să se întâmple.

– Chiar de-acolo a căzut.

Ari Thór nu-și dorea să pățească același lucru și reveni pe palier, închizând repede ușile în urma lui.

– Au murit cu toții?

– Cu toții?

– Baldur, Börkur și prietenul lor. N-ai zis că erau trei persoane aici când a murit Baldur?

Ari Thór încercă să-și imagineze ce soi de petrecere ar fi putut să aibă loc în casa aceea în urmă cu aproape o jumătate de secol, dar îi venea greu să-și reprezinte ceva în minte.

– Da, ai dreptate. S-au dus cu toții, și frații, și prietenul lor, zise Tómas absent. Însă sora prietenului lor, Jódís, e încă printre noi. La șapteșpatru de ani, e cât se poate de vie.

Lui Ari Thór casa aceea sinistră îi dădea o stare ciudată. Simțea nevoia inexplicabilă să fugă. Dar, în același timp, era sigur că acolo exista un mister pe care trebuia să-l rezolve. Dacă avea sau nu vreo legătură directă cu împușcătura din noaptea precedentă, asta nu știa. Încă...

12

Helena, soția lui Herjólfur, și fiul lor trebuia să plece în sud cu un polițist. Starea lui Herjólfur era în continuare critică și era ținut la terapie intensivă în comă indusă.

– Să stăm de vorbă cu ea înainte să plece, sugerase Tómas și plecaseră într-acolo.

Așteptară o vreme în fața ușii. Tómas sună de două ori la sonerie și ciocăni tare înainte să audă dinăuntru un „intrați" estompat.

Pășiră înăuntru cu grijă. Era a doua oară în două zile când Ari Thór intra în casa superiorului său. Îl conduse pe Tómas în sufragerie, gândindu-se din nou că se afla în casa unui om despre care practic nu știa absolut nimic. Helena stătea pe canapeaua de un alb imaculat iar în surdină Ari Thór auzea un cântec de leagăn al lui Brahms – o piesă pe care o cunoștea prea bine.

Helena parcă îi ghici gândurile și îl privi printr-o mască de extenuare.

– Era preferata lui Herjólfur, zise ea fără pic de emoție în glas, comunicând parcă un fapt lipsit de importanță. O s-o pun la înmormântarea lui.

Cuvintele ei îl uimiră pe Ari Thór. Parcă abandonase orice nădejde.

– Te deranjează dacă stăm jos? întrebă Tómas politicos.

– Bineînțeles că nu, luați loc. Tu ne duci în sud?

– Nu, nu eu, răspunse Tómas încet. O să vă conducă alt agent. Ajunge în jumătate de oră. Voiam să discutăm ceva până plecați.

Ea încercă din nou să zâmbească.

– Sigur. Pe tine te cunosc, arătă ea spre Ari Thór. Dar tu cine ești? i se adresă lui Tómas.

– Mă numesc Tómas. Am fost inspectorul-șef înainte să preia soțul tău postul.

– Ah, Tómas. Așa e. Herjólfur mi-a zis de tine. Te-ai întors să preiei din nou postul?

– Nici pe departe. Am venit doar ca să conduc ancheta.

Muzica se opri. După o scurtă pauză, începu aceeași piesă.

– E superbă, zise Helena. Mereu i-au plăcut muzica bună și literatura de calitate.

Continua să vorbească despre soțul ei la timpul trecut.

– Am înțeles că Herjólfur ancheta un caz care avea legătură cu casa, locul unde a fost… atacat, spuse Ari Thór cu băgare de seamă. Știi ceva despre asta?

– Nu. Nu vorbeam prea mult despre cazurile lui. Nu-i plăcea să vorbească despre muncă.

– Îți amintești ceva ce ne-ar putea da vreun indiciu despre motivul pentru care a fost atacat? încercă Tómas.

– Un indiciu…, repetă ea încet, parcă întorcând cuvântul pe toate părțile în minte. Nu m-am gândit. Oricum, nu mai putem da timpul înapoi. N-a fost doar o coincidență cumplită?

Avea o privire pierdută.

- La fel de bine puteai fi tu în locul lui, adăugă ea.

Ari Thór se înfioră.

– Îmi pare rău, pot să vă întreb ceva? O să primesc vreo compensație? Adică destul cât să-mi întrețin familia? Cum funcționează în poliție? Chiar nu cred că pot lucra acum…

Oftă.

– Am încetat să mai lucrez la scurt timp după ce ne-am cunoscut am căzut de pe cal și mi-am rupt grav piciorul. De atunci, Herjólfur ne-a întreținut pe toți. Chiar nu știu…

– Nu-ți face griji. Avem grijă de-ai noștri, o încurajă Tómas, iar Helenei parcă i se luă o povară de pe umeri. Și putem trage încă nădejde că totul o să fie bine, adăugă el nu foarte convingător.

– Domnul care ne duce la Reykjavík se grăbește? Întreb pentru că trebuie să vină și fiul meu, dar a ieșit până la magazin.

– Nu-i nicio problemă, zise Tómas.

Ea făcu un efort să zâmbească.

– Asta-i bine. Poate că s-a și întors deja. Locuiește în apartamentul de la demisol, poate să vină și să plece când poftește. Nu-l vedem prea des. Acum are prietenă, mâine-poimâine zboară din cuib, adăugă ea cu amărăciune, afișând același zâmbet lipsit de vlagă.

– Soțul tău a fost într-un concediu prelungit mult timp înainte să vă mutați aici, așa e?

Pentru prima oară, Helena ezită o clipă.

– Mi-a fost rău, zise ea încet, parcă nedorindu-și să discute despre asta. Eram depresivă. Herjólfur și-a luat liber ca să aibă grijă de mine.

– Îmi pare rău, spuse Tómas stângace. Sper că ți-ai revenit.

Se ridică.

Ea îi zâmbi din nou, cu o expresie neclară întipărită pe chip. Ari Thór se întrebă dacă își revenise cu adevărat din depresie sau dacă șocul îi stârnise o recidivă. Femeia își căută stânjenită o poziție mai comodă pe canapea, mișcând cu greu un picior și schimonosindu-se de durere.

– Vă mulțumesc că ați venit. De ieri totul a început să mi se pară ireal. Nu ne-a sunat multă lume și încă și mai puțini au venit să vadă cum ne simțim. Oamenilor nu le place să se bage unde nu le fierbe oala. Nu că am avea prea multe cunoștințe pe-aici. Mă bucur că v-am văzut. Și îmi pare rău dacă nu v-am fost de mare ajutor.

– Nu-ți face griji. O să rezolvăm cazul. Avem o echipă mare, cei mai buni agenți ai noștri lucrează la anchetă și poți fi sigură că-i dăm de capăt, spuse Tómas ferm, pe un ton cât se poate de serios.

– Nici nu v-am servit cu o cafea…, zise Helena parcă scuzându-se. Îmi pare rău, am fost neglijentă.

– Nici să n-aud, o opri Tómas. Sper doar să primiți vești bune când ajungeți în sud.

Ari Thór nu-i împărtășea optimismul. Simțea că nu era decât o chestiune de timp înainte ca ancheta să se transforme în investigația unei crime și avea senzația, cumva, că-i datorează familiei lui Herjólfur să depună tot efortul ca să-l găsească pe ucigaș.

Sincer să fiu, azi a fost o zi dificilă. Nu-i ușor să stau încuiat în căldura asta. Cu siguranță n-aveam de gând să-mi petrec vara în felul ăsta, mai ales acum, că-mi începe anul sabatic. E o perioadă pe care aș fi vrut s-o petrec călătorind și stabilindu-mi noul drum în viață. Îmi dau seama destul de ușor cum se vor termina toate astea și nu prea am de ales. Dar nu strică să visezi.

Că veni vorba de vise, azi-noapte am visat că învățam să cânt la pian. N-am mai cântat din copilărie. Nu-s sigur dacă am auzit melodia prin vis sau nu; probabil că nu, dar normal că o cunosc bine. Când m-am trezit, melodia îmi răsuna în minte și am impresia că a prins rădăcini acolo. E o senzație plăcută să ai în minte o melodie cât e ziua de lungă. E o piesă care mi-a plăcut întotdeauna foarte mult, dar ce-i mult strică.

Încă nu m-a vizitat nimeni. Știu că Mama n-ar face față situației, așa că nu pot să-i cer nimic. N-a fost niciodată puternică. Tata a spus foarte clar când am fost internat că n-o să mă viziteze o bună bucată de vreme. A spus că trebuie să depășesc episodul. Apoi s-a uitat urât la doctor și l-a întrebat dacă i se păreau rezonabile condițiile. Doctorul doar a dat nepăsător din umeri și s-a uitat la ceasul de pe perete de parcă timpul meu s-ar fi scurs.

Hanna n-o să vină-n vizită, asta-i limpede. Nu cred că o să vrea să mă mai vadă vreodată. Probabil o să se bucure când o să afle că am fost închis într-un sanatoriu de boli mintale. Doamne Sfinte... închis într-un sanatoriu de boli mintale. Nu arată bine nici când e scris pe hârtie, dar asta e realitatea.

Însă pot să mă consolez cu gândul că locul meu nu-i aici...

Pe de altă parte, nu asta cred toți pacienții?

Cina a fost cam insipidă, ceea ce nu-i chiar atât de rău dacă e să mă iau după cum arăta. Cândva, tocana neîmbietoare a fost pește, însă nu-mi dau seama ce fel de pește și nici cât timp a trecut de atunci.

Poate ar trebui să încerc să citesc în timpul zilei. Am pe-aici câteva cărți, dar mi-am impus să nu mă acomodez prea tare. N-o să fie o ședere lungă. Oricum, mă îndoiesc că au în bibliotecă prea multe cărți pe gustul meu. Am gusturi bune, rafinate, fără îndoială neobișnuite pentru cineva de vârsta mea: Thórbergur Thórdarson, Halldór Laxness, Ernest Hemingway – ăștia-mi plac mie.

La facultate am vrut să studiez literatura, dar n-am avut niciun cuvânt de zis în privința asta. Drumul meu fusese deja stabilit și mă tem de ce-mi va aduce viitorul. Trebuie să mă eliberez din mine însumi, ca să zic așa. Nici nu știu dacă pot și cu atât mai puțin am habar dacă ăsta e locul potrivit în care să fac asta.

Acum sunt obosit. Mâine dimineață mă întâlnesc cu Dr. Helgi ca să vorbim despre cât de rău mă simt. Poate că lucrurile o să se îmbunătățească. E bine să fii optimist.

Caietul poate să se întoarcă în ascunzătoarea obișnuită de sub saltea. Nimeni nu-l vede. E păstrătorul tainelor mele.

13

Elín nu se mai deranjă să bată la ușă. Deschise cu grijă și aruncă o privire în birou.

Gunnar o zări imediat. Nu lăsă gestul prea familiar să-l irite, chiar dacă ar fi preferat ca ea să păstreze o distanță ceva mai profesională în timpul serviciului.

– Ce mai faci, Elín? Stai jos, o invită el amabil.

Ea închise ușa.

– Voiam doar să văd ce faci tu, spuse ea cu o privire caldă, studiindu-i chipul în timp ce se așeză vizavi de el.

Gunnar stătea la biroul lui, biroul primarului. Era un obiect superb, care făcea notă discordantă cu toate celelalte din încăpere; parcă fusese comandat dintr-un catalog de pe la jumătatea anilor '90 și nu mai fusese înlocuit.

– Binișor. Mă țin ocupat.

Își feri privirea. În realitate, vizita polițiștilor îi stăruise în minte toată ziua, practic eliminând orice alt gând, însă nu voia să recunoască.

Se lăsă în spătarul scaunului și își așeză picioarele pe birou, parcă vrând să sublinieze faptul că nu era îngrijorat și să-și aducă aminte că în sinea lui era încă un tânăr rebel, chiar dacă acum purta costum.

– Haide, pe mine nu mă păcălești, spuse ea cu blândețe.

– Nu încerc să păcălesc pe nimeni.

Inspiră adânc.

– Au vorbit cu tine? întrebă în cele din urmă.

– Nu, bineînțeles că nu. Și știi foarte bine că nu le-aș spune nimic.

– Îmi pare rău. E tare ciudat. Tómas ăsta e atât de insistent, chiar dacă n-a fost nepoliticos pe față. Parcă ar crede că am cu-adevărat ceva de-a face cu... incidentul.

Lăsă picioarele jos și se ridică.

– Fir-ar să fie, n-o să tolerez așa ceva! zise el și lovi cu palma în birou, mai tare decât intenționase.

Elín se ridică și ea într-o clipă și veni lângă el. Îi puse o mână pe umăr și-l îndemnă să se așeze înapoi pe scaun.

– Liniștește-te. O să fie bine.

– Asta-i marea mea șansă, înțelegi? spuse el cu o notă isterică în glas, iar preț de o clipă i se păru că vorbește cu soția sa. E piatra mea de încercare. N-aș fi avut nicio șansă să prind un post ca ăsta fără cunoștințele potrivite și fără un dram de noroc. Și n-o să dau cu piciorul slujbei ăsteia.

Ea trecu în spatele lui lui și începu să-i facă masaj la umeri.

– Nu fi supărat. Poliția e panicată. Un inspector aproape că a fost ucis și un criminal e încă în libertate.

Mâinile ei începură să-i mângâie ușor gâtul, iar Gunnar nu era sigur cum să reacționeze. Senzația era plăcută – prea plăcută –, dar nu vedea niciun motiv să se plângă, cel puțin nu în acea clipă. Nu putea fi acuzat de lipsă de profesionalism.

Ea continuă să vorbească, iar degetele nu-și opriră mișcarea.

– Trebuie să mergem la o ședință de consiliu a portului, dar o s-o amân ca să-ți iei puțin liber. Oricum, trebuie să merg până-n vale să vorbesc cu cineva despre câteva schimbări în planul zonei de schi și s-ar putea să dureze toată ziua.

Apoi se întâmplă lucrul de care Gunnar se temea, dar pe care și-l și dorea: Elín îl sărută ușor pe gât. El așteptă o clipă, lăsându-se cuprins de senzația plăcută înainte să se întoarcă spre ea.

– Ascultă, n-ar trebui să mergem prea departe, spuse el stânjenit, cu gândul fugindu-i brusc la soția sa din Norvegia.

– Da, îmi pare rău.

Elín își lăsă mâinile pe lângă corp.
– Îmi pare rău, repetă ea.
Nu dădea deloc impresia că i-ar fi părut.

14

Când Kristín reuşi în cele din urmă să-şi ia o pauză, văzu că avea cinci apeluri ratate de la mama ei.

Trei apeluri înainte de prânz nu erau ceva neobişnuit, erau dovada nerăbdării ocazionale care o cuprindea pe mama ei când voia neapărat să-i comunice ceva. Însă cinci apeluri ratate însemna că nu avea de ales şi trebuia s-o sune, chiar dacă era puţin probabil să se fi întâmplat ceva. Mamei ei îi plăcea să fie în centrul atenţiei. Asta era o diferenţă majoră între ele: Kristín semăna fără îndoială cu tatăl ei, era pragmatică, gânditoare şi tăcută.

Cinci apeluri şi nici cea mai mică indicaţie cu privire la motivul lor – tipic pentru mama ei. Un mesaj scris sau chiar unul vocal n-ar fi transmis pe deplin importanţa gândurilor din mintea mamei. Prefera oricând să vorbească, iar Kristín se pregăti pentru inevitabila revărsare de entuziasm.

– Kristín! începu mama ei, răspunzând imediat la apel.

Nu un salut obişnuit, ci un chiot din toţi rărunchii.

– Bună, mamă, zise ea, deja sătulă.

– Ce mai e nou, draga mea?

Kristín era epuizată. Deşi băieţelul o mai trezea din când în când, ceea ce nu o lăsa să doarmă erau, de fapt, grijile în privinţa relaţiei cu Ari Thór. Trebuia să ia o hotărâre într-o direcţie sau alta, dar nu voia să discute subiectul cu mama ei.

– Totul e bine, mamă. Totul e bine.

– Bineînţeles că e! Stefnir e pe-acolo? Pe el îl aud?

– Nu, mamă. E instalația de sonorizare de la spital. Azi e la bonă.

Kristín oftă. Încă un apel fără niciun motiv concret.

– Ești la lucru? Nu muncești prea mult, scumpo? se interesă mama ei, vizibil îngrijorată.

– Abia am început să lucrez din nou după concediul de maternitate, dar e-n regulă. Cu toții trebuie să muncim.

– Desigur. Dar tu și Ari Thór vă simțiți bine?

– Da, mamă. Suntem bine.

– Ah, făcu mama ei cu o voce plină de încântare. Sunteți un cuplu minunat, parcă sunteți făcuți unul pentru celălalt. Ți se potrivește de minune, Kristín. În curând va trebui să-l lași să te conducă la altar. Nu poți da cu piciorul unui bărbat ca el!

Mama ei râse politicos.

– Copilașul acela e foarte norocos că are părinți destoinici și o familie puternică, la fel cum ai avut și tu. Contează enorm ca părinții copilului să fie fericiți împreună.

Parcă îi străpunsese inima.

– Păi, mamă..., începu Kristín, disperată să schimbe subiectul.

Se uită la ceas, hotărâtă să nu-și petreacă toată pauza la telefon.

– Da, iubito. E o plăcere să te-aud.

– Dar tu, mamă? Voiai să-mi spui ceva anume? Am văzut că ai sunat de câteva ori de dimineață.

– Așa e, voiam să-ți spun că ne întoarcem acasă mai devreme, o anunță ea rostind fiecare cuvânt cu bucurie.

– Vă mutați înapoi?

– Da, am rezervat zborul și ajungem în două săptămâni. Am anunțat deja la birou, iar tatăl tău i-a convins pe șefii lui să-l lase să pregătească biroul din Islanda chiar *în* Islanda, în loc să gestioneze operațiunile din Norvegia.

Tată Kristínci fusese consultant în industria pescuitului în Norvegia după ce-și pierduse slujba dinainte, odată cu izbucnirea crizei financiare, iar acum lucra pentru o companie norvegiană în creștere. Nu cu mult timp în urmă se vorbea depre extinderea meteorică a Islandei în străinătate, însă lucrurile se schimbaseră dramatic. Mama ei era arhitect și îi fusese ușor să-și găsească o slujbă în Norvegia.

– Parcă voiați să vă întoarceți abia la vară.

– Nu mai avem răbdare, vrem să vă vedem și să petrecem timp cu prințișorul nostru, bineînțeles.

Urmă o clipă de tăcere.

– Mă rog, am auzit știrile de la radio...

Kristín știa că părinții ei urmăresc din Norvegia fiecare amănunt al știrilor din Islanda. Primul lucru pe care-l făcuse cu o zi înainte, când incidentul încă nu devenise subiect de ziar, fusese să-i sune pe ai ei și să-i asigure că polițistul rănit nu era ginerele lor.

– Atacul ăsta e mediatizat ceva de spaimă. E incredibil, Kristín, să împuște cineva un polițist! Și asta în Islanda! Se spune că e prima oară în istorie când cineva trage în polițiști, și cred că așa și e. În viața mea nu mi-aș fi închipuit una ca asta. Am crezut mereu că Islanda e cel mai sigur loc din lume... În orice caz, a venit ca un duș rece... Nu mi se pare corect să fim așa departe când se întâmplă lucrurile astea oribile. Cred că Ari Thór trece printr-o perioadă groaznică.

– Da, așa e.

– Am vrut doar să știi și tu că suntem foarte bucuroși că venim acasă.

– Și noi abia așteptăm să vă vedem, zise Kristín.

Îi era, fără îndoială, dor de părinții ei, dar simți, oricum, un nod de îngrijorare în stomac la gândul că urmau să se întoarcă atât de curând. *Lucrurile nu erau chiar așa roz cum și le închipuia mama ei.*

Cui naiba a putut să-i treacă prin mintea aia creață că portocaliul ăsta țipător e potrivit pentru pacienții de la secția de psihiatrie? Salteaua e portocalie, la fel și scaunul, iar ușa e maro închis – totul dintr-o paletă de culori parcă scoasă din Iad. Nu pot să fiu fericit aici și nu vreau sub nicio formă să mă integrez printre cei aflați de cealaltă parte a ușii.

Azi am o stare cumplită. Am vorbit cu asistenta și am întrebat-o când poate să mă consulte Dr. Helgi.

Nu acum, mi-a zis. Nu săptămâna asta. Scurt și rece. Nu mă place. Parcă mi-ar fi spus ceva despre vreme, nu că n-o să mă pot întâlni cu doctorul săptămâna asta. Și, mă rog, cum ar trebui să progresez? Trebuie să mă văd cu el.

De ce nu? am întrebat. Probabil că am părut mai nervos decât de obicei și eram livid.

Am văzut-o că se dă un pas înapoi. I-a fost frică de mine? Poate am fost prea agresiv?

Nu vrea să te consulte încă, mi-a zis. Mai ai nevoie de timp, iar el e foarte ocupat, dar am vorbit cu el pentru tine. Apoi m-a lăsat în plata Domnului, tot nelămurit, dar mult mai tulburat.

15

Ari Thór rămase singur la secție după o discuție lungă cu Tómas în fața tablei de plastic alb.

Tómas căpătase noi obiceiuri de când plecase. Devenise mai formal și mai bine organizat, folosea tabla de la secție ca să noteze toate pistele din cadrul anchetei. Până acum, tabla rămăsese practic neatinsă.

Nu apăruse nicio informație nouă și, cu toate că ședința respectivă nu se justifica, Ari Thór nu protestă. Singura noutate de interes era faptul că proprietarul telefonului mobil de pe care fusese sunat Herjólfur cu puțin timp înainte de atac era imposibil de depistat. Numărul nu era înregistrat, iar cartela SIM fusese scoasă din telefon, deci nu putea fi urmărită. Apelul trecuse printr-un stâlp de transmisie din SiglufjÖrdur, dar nu exista nicio posibilitate reală de a-i localiza cu precizie originea. Era singurul apel efectuat de pe respectivul număr.

– Și am cerut desfășurătorul apelurilor pe care le-a primit și le-a făcut Gunnar, adăugă Tómas. N-ar trebui să dureze prea mult.

– Chiar crezi că el...? începu Ari Thór întrebarea înainte ca Tómas să-l întrerupă.

– Cineva a încercat să ucidă un polițist, nu excludem nicio pistă, spuse el ferm.

După aceea, Tómas își luase tălpășița, zicând că urma să treacă din nou pe la Addi Gunna.

– Mai bine stai aici și ai grijă să meargă totul cum trebuie, spusese el, un semn limpede dar discret că avea mai multă încredere că va obține ceva de la Addi dacă mergea singur.

Cum stătea de unul singur la secție, gândurile lui Ari Thór se întoarseră la Kristín. Îi dăduse la telefon vestea neașteptată că părinții ei se mutau înapoi în Islanda mai devreme decât plănuiseră. El se bucura sincer: nu doar că-i plăcea de ei, dar îi plăcea și să facă parte dintr-o familie. Relațiile dintre ei nu semănau cu nimic din ceea ce avusese el parte în copilărie. Puteau și să-i ajute un pic, să mai aibă grijă de Stefnir din când în când. Poate că el și Kristín ar fi reușit chiar să ajungă la un film sau să mănânce în oraș. Oare din cauza presiunii constante se comporta ea atât de ciudat? Ari Thór oftă și-și masă tâmplele. Ceva nu era în regulă și nu știa dacă are puterea să înfrunte problema.

Ari Thór tresări când auzi o bătaie în geam. Aruncă o privire afară și văzu un chip pe care-l recunoscu, era un profesor de istorie de la liceul din oraș. Ari Thór nu vorbise niciodată cu bărbatul de afară, însă recunoștea tot mai mulți locuitori după înfățișare. Ar fi fost și imposibil să nu se întâmple, într-o comunitate atât de mică precum SiglufjÖrdur.

Profesorul arătă spre ușă, parcă vrând să întrebe dacă poate intra, iar Ari Thór încuviință din cap și se ridică să-și întâmpine oaspetele.

– Bună dimineața, zise străduindu-se din răsputeri să-și amintească numele bărbatului când acesta intră în secție.

– Da, salut, răspunse el și întinse mâna. Ingólfur.

– Da, știu, spuse Ari Thór străduindu-se să fie prietenos. Predai la liceu, nu-i așa?

– Așa e, da, confirmă el apoi ezită, de parcă ar fi preferat să se afle oriunde altundeva numai nu în fața unui polițist. Predau istorie.

Ari Thór îl așteptă să-i spună de ce venise la secție în vreme ce Ingólfur părea să-și caute cuvintele potrivite.

– Ei bine, am o bănuială…, mormăi într-un final în vreme ce Ari Thór devenea tot mai nerăbdător. Cred că Herjólfur a fost împușcat cu pușca mea.

16

Ingólfur își îngropă fața în mâini, ținând umerii strânși din pricina disperării. Era un bărbat neobișnuit de înalt, solid și cu un strat de protecție consistent în jurul mijlocului. Arăta ca și cum ar fi fost cândva în formă, dar apoi se neglijase.

După câteva momente de tăcere stânjenitoare, Ari Thór zise:

– Haide să stai jos.

Ingólfur ridică privirea.

– Cum? Da, murmură el.

La prima vedere nu părea un individ capabil să țină în frâu o clasă întreagă de elevi agitați, dar poate că îl tulbura faptul că se afla la secție.

Ari Thór intenționase să-l conducă în mica încăpere pentru ședințe poreclită uneori „camera de interogatoriu", însă Ingólfur îi ascultase îndemnul și se așezase pe cel mai apropiat scaun, la fostul birou al lui Hlynur. Ceva din înfățișarea bărbatului îi amintea de cum arăta Hlynur cu puțin timp înainte să-și ia viața. Era tăcut și parcă ținea în el un amestec îngrijorător de nehotărâre, teamă și distanțare.

– Prin urmare…, începu Ingólfur, însă cuvintele parcă se risipiră în aer.

Ari Thór așteptă răbdător, dându-și seama că bărbatului îi fusese greu să-și ia inima-n dinți și să vină la secție.

Ingólfur oftă profund.

– Îmi pare rău că durează atât… Cineva mi-a luat cu împrumut pușca, cel puțin așa cred. Și am impresia că a fost folosită…

Vorbi repede, parcă dintr-o suflare.

– De ce crezi că ți-a folosit cineva pușca? întrebă Ari Thór cu blândețe.

Luase un reportofon de pe birou și înregistra discuția.

– Mi-am dat seama ieri, înțelegi? Pușca nu mai era la locul ei.

– Ieri, zici? spuse Ari Thór pe tonul obișnuit, calm, având grijă să vorbească răspicat și liniștit ca să-l menajeze pe vizitatorul său care era în mod vizibil agitat.

– Da, exact. Da.

– Atunci de ce n-ai venit ieri?

– Vezi tu..., zise el și se opri. Bineînțeles că ar fi trebuit să vin ieri, dar voiam să fiu sigur. Am vrut să știu precis înainte să vin încoace și să intru în bucluc. Am vrut să știu precis că n-o luase fiu-meu. Mi-a zis că n-a luat-o.

Brusc, Ingólfur ridică privirea. Chipul îi era schimonosit de panică.

– Vai, te rog să nu mă înțelegi greșit! Fiu-meu nu-i deloc interesat de arme și... Ei bine, adevărul e că parțial eu sunt de vină. O țineam într-un garaj care nu stă încuiat.

Lăsă capul în jos, apoi îl ridică din nou și se uită în ochii lui Ari Thór înainte să reia:

– Dar nu mai pot să nu spun nimic, mai ales dacă se dovedește că sărmanul om a fost împușcat cu arma mea.

– Probabil că vor apărea mai târziu și întrebări despre locul în care se afla arma, spuse Ari Thór. Însă deocamdată nu asta ne interesează. Să înțeleg, așadar, că fiul tău a spus că nu a luat arma?

– Exact.

– Și îl crezi?

– Poftim? Da, da, bineînțeles că-l cred.

– Dar tu? Bănuiesc că n-ai avut nimic de-a face cu incidentul.

Voia să fie doar o remarcă nonșalantă, însă Ingólfur nu păru să-și dea seama de tonul neutru al lui Ari Thór.

– Ce? Nu! Cum adică? Nici nu-l cunosc pe omul ăla! Chiar crezi că eu am fost, că eu am încercat să-l omor?

– Nu asta am spus. Cine mai locuiește cu tine?

– Soția mea și fiul meu. Termină liceul în primăvară. Are și cu mine câteva ore, se descurcă binișor...

Părea contrariat de turnura pe care o lua discuția.

– Referitor la armă – crezi că poți să faci în așa fel încât să nu apară în ziare?

– Nu obișnuim să comunicăm presei fiecare pistă pe care o avem.

– Nu, adică poți să faci în așa fel încât să nu apar eu în ziar? Mă gândesc la băiat, nu vreau să se ia lumea de el la școală...

Ori era un actor desăvârșit, ori era sincer îngrijorat.

– Știa multă lume că ai o armă în garaj? Garajul e lipit de casă? Ai văzut pe cineva suspect dând târcoale locului?

Ingólfur nu prea știa la care întrebare să răspundă mai întâi.

– Păi... nu. Nu. Garajul e lângă casă, nu lipit, și n-am observat nimic ciudat. Nu că ar fi greu să te strecori înăuntru, dar în SiglufjÖrdur nu face nimeni una ca asta. Fiecare își vede de treaba lui.

– În general așa e.

Fără îndoială că vremurile se schimbau și orașul nu mai era la fel de pașnic ca în trecut. Când Ari Thór venise prima oară acolo, Tómas îi spusese că la SiglufjÖrdur nu se întâmpla niciodată nimic, dar acum noul tunel adusese orașul mai aproape de drumurile principale și locul începea să devină din ce în ce mai frecventat. Veneau mai mulți vizitatori, traficul era mai intens. Din anumite puncte de vedere era o evoluție, însă era clar că străinii însemnau mai mult decât doar îmbunătățirea turismului în zonă.

– Ce m-ai mai întrebat?

– Cine știa că ții pușca acolo?

– Nu e vreun secret. Multă lume, bănuiesc. Sunt înscris într-un club de vânătoare și toți băieții știu că am o pușcă, dar niciunul dintre ei n-ar face așa ceva. Vreau să zic, n-ar împușca un polițist.

Ari Thór îi oferi un pix și o coală de hârtie și-l rugă să scrie numele celor care făceau parte din clubul de vânătoare. Când Ingólfur îi dădu înapoi foaia, lista conținea cinci nume.

– Dar muniția? Și pe aceea o țineai tot în garaj?

Ingólfur ezită, cu privirea în pământ. Ari Thór se întrebă dacă urma să-i spună sau nu adevărul.

– Păi, cred că da. Nu mereu. Dar de data asta gloanțele erau în garaj.

– Și lipsește vreunul?

– Nu prea știu. Nici nu-s sigur câte ar trebui să fie.

Ari Thór dădu din cap, apoi așteptă în tăcere, sperând ca Ingólfur să-i mai spună ceva.

– Deocamdată nu mai povesti nimănui ce mi-ai zis mie, spuse Ari Thór în cele din urmă.

Uneori constata că se comportă exact ca Tómas, și cu vorba, și cu fapta.

– Păi, bine. Da, bine.

– O să-i rog pe colegul meu și echipa tehnică să treacă pe la tine.

– Nu-i ilegal să țin arma așa, într-un garaj descuiat? Și cu gloanțele lângă ea?

Ingólfur era vizibil îngrijorat, parcă-i părea rău că se denunțase.

– N-am putea spune că garajul era încuiat și că hoțul a dat o spargere?

– Sub nicio formă.

Dacă pușca lui Ingólfur fusese cu adevărat arma crimei, oare așa încerca el să evite bănuielile...? Venind la poliție de bună-voie și făcând-o pe cetățeanul cutremurat și îngrijorat?

Preț de o clipă, Ari Thór se întrebă dacă nu cumva stătea fața-n față cu criminalul.

Nopţile sunt cele mai grele. Uneori reuşesc să adorm, dar cel mai mult stau treaz şi ascult „linişteaˮ. Bineînţeles, aici nu-i niciodată linişte cu adevărat, doar intensităţi diferite ale zgomotelor. Sub toate e un zumzet care nu ştiu de unde vine. Poate că de la lumini sau de la radiatoare sau de la circuitele care străbat pereţii spitalului ăstuia nesfârşit. Ştiu doar că zumzetul te înnebuneşte. În liniştea asta mai sunt şi alte zgomote, oameni care intră şi ies, chiar şi zgomot estompat de voci. Uşile se deschid şi se închid, unii sunt liberi să vină şi să plece. Mai sunt şi zgomotele din trafic, claxoanele maşinilor care răzbat de dincolo de geamuri, unde oamenii normali trăiesc şi sunt liberi să facă ce vor.

Uşa rezervei mele poate fi închisă peste noapte. Aparent nu mai sunt un pericol pentru mine însumi. Mă simt singur, acum că nu mai am pe nimeni de pază în faţa uşii. Se poate să-ţi lipsească să fii ţinut sub supraveghere? Se poate să-ţi lipsească un funcţionar public care stă şi te ţine sub observaţie, care-ţi studiază fiecare mişcare?

Încerc să-mi amintesc că sunt aici de bună-voie. Libertatea e minunată, chiar dacă vine la pachet cu povara incomodă a răspunderii. Trebuie să hotărăşti o mulţime de lucruri, nu în ultimul rând drumul pe care o apuci în viaţă. Încă nu ştiu unde mă va conduce viaţa şi cu atât mai puţin cum ar trebui să mă comport în preajma altora. Poate că de asta sunt neliniştit. Şi poate că ăsta e motivul tentativei stângace de suicid. Îmi place să scriu cuvintele astea – tentativă de suicid. Un bărbat ar trebui să-şi asume ce face. Aşa am fost crescut şi aşa aş vrea să şi trăiesc. Fără îndoială că asta susţine şi tata, chiar dacă nu şi-a urmat mereu propriul sfat.

Aerul e închis şi îmbâcsit, mai ales noaptea. Se simte un miros pătrunzător, un miros de spital greu de descris. Să încerc, oare? E uşor acru, neplăcut… sincer, miroase a deznădejde şi a medicamentele care o provoacă.

Cântecelul, melodia îmi mai vine din când în când în minte. Mi se întâmplă atâtea chestii în cap, gândurile se zbenguiesc care-n-cotro, se încalecă între ele, dau peste griji, tensiune, sentimente de vină. Nu-i prea multă bucurie pe-acolo.

Mă gândesc de multe ori la Hanna și la tot ce-a mers prost între noi. Sau, mai bine zis, la ce-a mers prost cu mine. Totul a început foarte bine și am fost sigur că e îndrăgostită. Îmi amintesc de prima oară când ne-am întâlnit, la școală. Eram de-o seamă, dar ea era mult mai matură. Îmi amintesc și de ultima oară când am văzut-o – avea lacrimi în ochi, era furioasă și se simțea trădată. I se citea ura în priviri. Așa mi-am dat seama că n-o să mă viziteze și că probabil n-o s-o mai văd niciodată, poate doar din întâmplare, caz în care n-o să pot decât să plec rușinat capul și să încerc să zâmbesc. Îmi pare rău, o să-i zic. Nu m-am putut abține. M-am înfuriat prea tare și mi-am pierdut controlul. Iar ea o să-și mute privirea de la mine și o să treacă pe partea cealaltă a străzii ca să mă evite.

Nu m-am putut abține.

Mi-am pierdut controlul.

Asta să se fi întâmplat?

Caut răspunsul la această întrebare.

Iar răspunsul mă înspăimântă.

17

Oare a fost prea mult? Oare am exagerat?

Numai la asta se gândea Elín în timp ce urca spre cabana de schi din vale. Se mândrea cu munca ei și o deranja că se pusese în postura aceea. N-o să se poată concentra la întâlnirea cu managerii pârtiei. Cu toate că știa că e silitoare și inteligentă, era conștientă și că adevăratul motiv pentru care obținuse postul era Gunnar, lucru care o îndatora față de el. O numise în funcție fără vreun concurs, în ciuda faptului că ea nu prea avea experiență și nu-și terminase masteratul.

Bineînțeles că exagerase. Din orice unghi priveai situația, Gunnar era căsătorit, cel puțin pe hârtie, era un prieten vechi pe care-l prețuia, un coleg și, da, pe deasupra era și șeful ei. Și, cu toate astea, își permisese să exagereze.

Însă scopurile aveau să scuze cu vârf și îndesat mijloacele. Era hotărâtă să încerce să-l răpească pe Gunnar de lângă soția lui. Era limpede că mariajul lor se sfârșise, chiar dacă Gunnar și soția lui nu erau pregătiți să recunoască acest lucru. Elín era persoana cea mai potrivită care să vadă adevărul. Era atrasă de Gunnar de când îl cunoscuse, dar nu credea niciodată că ar fi avut vreo șansă cu el – până acum. Căsnicia i se destrăma, soția lui era departe, iar ei doi, Elín și Gunnar, erau exilați în orășelul de la poalele munților falnici din nordul Islandei. Mai bine nici că se putea.

În timp ce urca să uită la munți. Cei mai mulți erau acoperiți cu o pătură albă, cu toate că pârtiile de schi aveau să mai rămână închise o vreme. Munții care împrejmuiau SiglufjÖrdur păreau să fie veșnic albi, chiar și în toiul verii, când rămășițele zăpezii de peste iarnă se agățau încă de vârfuri. I se spusese că peste puțin timp, la mijlocul lui noiembrie, soarele urma să dispară în spatele munților ca să-și înceapă lunga vacanță de iarnă, întorcându-se abia la sfârșitul lui ianuarie, când orașul îi sărbătorea venirea cu cafea și clătite. Elínei încă i se părea ciudată ideea unui întuneric desăvârșit, de douăzeci și patru de ore. Chiar dacă soarele de iarnă din sud nu era nici strălucitor, nici foarte vizibil, încă i se părea greu de conceput să trăiască undeva unde astrul pur și simplu dispărea, ascunzându-se în spatele munților care împrejmuiau micul orășel din trei părți. Îi dădea o senzație tulburătoare, stranie și amenințătoare. Însă pe localnici nu părea să-i afecteze.

Gândurile i se întoarseră la Gunnar și se simți iritată. Intenționase dintotdeauna să dea prieteniei lor tot mai adânci un impuls în direcția corectă, dar oare se pripise? Nu voia să lase șansa aceea să-i scape printre degete. Gunnar era vulnerabil atunci, din mai multe motive, nu în ultimul rând pentru că nimerise în ancheta poliției, singur, fără vreun sprijin, departe de familia lui. Bineînțeles că avea nevoie de cineva pe care să poată conta. Era cât se poate de firesc să-i fie aproape, doar era de ani buni o prietenă de familie și o cunoștea și pe soția lui. Între cele două femei existase mereu o anumită politețe îmbinată cu suspiciune, iar dacă ea și Gunnar ar fi început o relație cu siguranță că ar fi fost bombardați cu venin din Norvegia. Spera ca urletele de furie să se risipească undeva deasupra oceanului. Elín ridică bărbia cu hotărâre. N-avea de gând să-l lase pe Gunnar să scape. Era un bărbat destoinic, de încredere, frumos, ambițios și era primarul orașului. Se înțelegeau de minune. Se cunoșteau de mult timp, iar o relație amoroasă fusese dintotdeauna o opțiune care parcă plutea în aer, așteptând doar să fie prinsă.

Merita să aibă alături de ea un bărbat destoinic și aștepta deja de prea mult timp pe cineva pe care să-l poată iubi cu adevărat. Mai înainte umbla mereu după bărbații nepotriviți – dificili, periculoși, chiar brutali. Îl iubise pe Gunnar de la distanță și știa că e un bărbat care s-ar fi purtat cu ea cum se cuvine. Slujba pe care i-o oferise apăruse de nicăieri, însă îi era profund recunoscătoare. Pe atunci era blocată într-un imobil din Kópavogur alături de un bărbat pe care nu-l suporta dar de lângă care nu îndrăznise să plece.

Se cunoscuseră într-un local de noapte din Kópavogur, unde Elín era la întâlnirea cu foștii ei colegi de liceu. El nu se număra printre colegi, dar se înfățișase la petrecere și ajunsese să stea la masă cu Elín și prietena ei. Cu toate că avea o aură vag sinistră, îi făcuse impresie bună și trebuia să admită că tocmai nota aceea de pericol îi activase toate simțurile. Merseseră împreună acasă, acasă la el. Violența n-a apărut imediat, ci abia după ce ea s-a mutat cu totul acolo, după ce el i-a câștigat încrederea și a prins-o în plasă, după ce a trezit în ea sentimente puternice, ceva mai mult decât afecțiune, chiar dacă nu tocmai iubire. Abia când n-au căzut de acord prima oară a început să-și argumenteze punctul de vedere cu pumnii, chiar dacă mai târziu își cerea iertare din tot sufletul. Bineînțeles că Elín ar fi trebuit să plece în clipa aceea, după primul incident, dar cădea mereu în aceeași capcană, îi era greu să părăsească bărbați de genul acela, de care îi era imposibil să nu se simtă atrasă.

Valberg nu părea violent, ba chiar avea o slujbă bună la o mică agenție de publicitate unde era foarte apreciat și trecea drept un tip vesel, pozitiv, care avea mulți prieteni. Dar sclipirea pe care i-o văzuse în ochi în acea primă noapte, sentimentul nedefinit, dar limpede al pericolului pe care-l emana și care o atrăgea spre el se dovediseră un semn al răului ce avea să vină, un fuior de fum care se ridicase din focul sălbatic dinăuntrul lui.

S-a ajuns în punctul în care nu mai îndrăznea să-l părăsească. Violența tot mai intensă a început curând să fie însoțită de amenințări, precum și de o gelozie profundă. *Dacă pleci, te omor*, îi zicea. Și era sigură că s-ar fi ținut de cuvânt. Bineînțeles că ar fi putut să plece și să meargă direct la poliție, dar nu era chiar așa ușor. După aceea, unde s-ar fi dus? N-avea încredere că poliția ar fi protejat-o și n-ar fi rezolvat nimic dacă făcea plângere că el o amenință. Pe deasupra, ar fi fost cuvântul ei împotriva cuvântului lui. Iar el avea grijă să-și acopere urmele: nici vorbă de amenințări scrise sau de sms-uri furioase. Era terifiant de inteligent.

Nu mai vorbise de mult cu Gunnar când el o sunase să-i ofere slujba. Pe moment ezitase, dar își dăduse repede seama că asta era portița ei de scăpare. Putea să fugă de Valberg într-un loc care parcă se afla la celălalt capăt al lumii. Bineînțeles că auzise de SiglufjÖrdur, dar nu fusese niciodată acolo iar orășelul era departe de toate locurile umblate.

A dispărut când Valberg era la serviciu. Nici prin cap nu-i trecea să-și ia rămas-bun de la el. Și-a schimbat numărul de telefon și a avut grijă ca domiciliul să-i rămână în continuare la Reykjavík, astfel încât el să nu-i poată da de urmă. Ca să fie complet sigură că nu poate fi găsită, Elín își luase un nume de familie nou care să se potrivească noii slujbe. Elín Einarsdóttir a devenit viceprimarul Elín Reyndal, o schimbare neoficială de nume care să garanteze că Valberg n-o s-o găsească vreodată. Reyndal era un nume vechi care apăruse la un moment dat în familia mamei ei și pe care nu-l mai purta nicio rudă apropiată.

Elín era conștientă că soluția era doar provizorie.

Aproape în fiecare noapte se trezea leoarcă de sudoare din câte un coșmar îngrozitor de realist în care Valberg apărea în Siglufjördur – sau în care ea era încă la Kópavogur și îi suporta violența, furia nestăvilită, amenințările. Scăpa din vise și se refugia în noua realitate, dar se trezea în fiecare dimineață cu o greață puternică și cu teama copleșitoare că nu mai era decât o chestiune de timp până când el avea s-o găsească. Știa că, în timp, puterea lui asupra ei urma să slăbească, dar încă îi era frică. Nu-și dorea să-și petreacă restul vieții fugind, iar secretele îngropate îi amenințau necontenit capacitatea de concentrare, de a duce până la capăt îndatoririle de serviciu. De prea multe ori avea impresia că-l vede pe Valberg cu coada ochiului, o experiență tulburătoare, care se dovedea un simplu miraj, produsul imaginației ei înfricoșate.

Îi spusese lui Gunnar o parte din poveste, dar nu pe toată. Se prefăcuse că lucrurile nu erau chiar atât de grave, se amuzase pe seama fricii pe care o simțea. Dar Gunnar știa că ea se ascunde și își dădea toată silința s-o ajute. Pe vremuri erau prieteni buni, suficient de apropiați ca să-și împărtășească unul altuia diverse taine.

– De ce nu mi-ai zis mai înainte? a fost prima lui întrebare după ce-i relatase totul. Ar fi trebuit să mă suni.

Ea nici măcar n-a încercat să inventeze scuze. Nu era stilul ei și, oricum, nu-i datora scuze. Erau prieteni buni, dar nimic mai mult.

– Crezi că putem face lucrurile să meargă în SiglufjÖrdur? a întrebat ea. Mi-ar plăcea să las asta în urmă, iar postul de acolo sună bine.

Totul mergea bine până când polițiștii au bătut la ușa lui Gunnar și l-au luat la întrebări despre împușcăturile din noaptea aceea. Sau, mai bine, zis, totul a început când Herjólfur l-a sunat pe Gunnar în noaptea dinaintea împușcăturilor. Telefonul acela declanșase o înlănțuire de întâmplări despre care nu-și dădea seama cum avea să se încheie.

Azi, în sfârșit, m-am întâlnit scurt cu Dr. Helgi.

N-a avut multe de zis, dar măcar a părut să-și amintească de mine. Probabil că sunt unul dintre cei mai tineri pacienți și, cu toate că nu ies în evidență pentru că îmi văd de treaba mea și mă fac nevăzut prin unghere, tatăl meu e genul de om pe care nimeni nu-l uită ușor. Răspândește un aer de autoritate. E bondoc și puternic, cam ca mine, din păcate.

Tata e ferm și arogant, genul care obține întotdeauna ceea ce vrea. E genul pe care nimeni nu vrea să-l înfrunte.

Doctorul mi-a prescris medicamente și i-am mulțumit, de parcă aș fi avut de ales. L-am așteptat să mă poftească să stau jos și să mă las pe spătar ca să putem discuta despre trecut și viitor, despre motivele pentru care sunt aici și despre cum pot să mă recuperez.

Dar n-a avut loc nicio astfel de discuție. M-a ușuit, mai întâi din priviri, apoi – din moment ce n-am dat vreun semn de plecare – fluturând din mână. A fost destul.

Încep tratamentul imediat. Durează două săptămâni să-și facă efectul, iar până atunci Tata ar trebui să observe că progresez. O să reușesc să ies de-aici un om mai bun, care promite să nu mai facă niciodată ce-a făcut, la fel cum promit copiii mici. Copiii mici…

18

– Nu e minunat? întrebă Tómas în timp ce se apropiau de cabana de schi aflată pe partea orașului dinspre uscat, împrejmuită de munții cu vârfuri acoperite de zăpadă care alcătuiau o imagine numai bună de pus în ramă.

Treceau cu mașina pe dealuri, apoi prin vale, și totul era mai mult sau mai puțin acoperit de zăpadă, ca o atenționare timpurie că anotimpul Crăciunului era pe cale să înceapă.

Ari Thór zâmbi.

– Deja ți-e dor de SiglufjÖrdur?

– Deja? Mi s-a făcut dor de el în aceeași zi în care ne-am mutat în sud.

– Nu ești gata să te întorci? întrebă Ari Thór cu băgare de seamă.

Urmă o tăcere greoaie.

– Ai fost vreodată prin trecătoarea de la Skardur? îl întrebă Tómas de parcă nu l-ar fi auzit.

Ari Thór se pomeni privind spre vechiul drum de pe munte care fusese cândva singura legătură a orașului Siglufjördur cu lumea exterioară, asta până la deschiderea primului tunel în anii '60.

– Mărturisesc că nu, spuse el cu o notă de regret în glas.

Drumul era deschis doar în toiul verii și era limpede că nu puteau sub nicio formă să meargă în direcția aceea.

– O să merg la vară. O să-mi fac timp să urc până acolo.

– Și vara poate fi periculos, zise Tómas cu o expresie gânditoare întipărită pe chip când ajunseră la destinație. M-am blocat acolo într-o excursie cu clasa când eram mic. Era vară, nu eram îmbrăcați gros, și la jumătatea drumului, chiar în punctul cel mai înalt, ne-a lovit o furtună orbitoare de zăpadă și autobuzul s-a blocat. Eram îngroziți, iar vremea se înrăutățea văzând cu ochii. Îmi amintesc de parc-ar fi fost ieri – e genul de experiență pe care n-o uiți niciodată. Am rămas acolo până după lăsarea întunericului, au fost nevoiți să trimită după noi echipe de salvare. Au luat parte la operațiune toți cei care aveau mașini 4x4, iar copiii au fost coborâți pe brațe, foarte încet. Peste tot în jur vedeai doar zăpadă, nimic altceva. Am format un grup mic, ne-am ținut de mână și i-am urmat pe adulți.

Privea în gol, de parcă ar fi trăit din nou ce povestea.

– Eram în spatele grupului și, deodată, i-am scăpat mâna băiatului din fața mea. Grupul și-a văzut de drum, cu toate că băiatul a încercat să-i anunțe. Am strigat, apoi am început să plâng, dar nu m-a auzit nimeni. Însă băiatul nu s-a lăsat și s-a rupt de șir. Abia atunci s-au oprit și ceilalți. Mi-era cumplit de frig, amorțisem de epuizare și spaimă și mă lovisem cu piciorul de-o piatră. Dacă n-ar fi fost el… dacă nu s-ar fi oprit…

Tómas se întoarse cu privirea la Ari Thór, gata-gata să plângă.

– Știi cine era băiatul ăla? Cel care a riscat să se piardă ca să mă ajute?

Ari Thór scutură din cap.

– Era Addi. Addi Gunna, vărul meu. Orice om are și o parte bună, Ari Thór. Până și Addi, zise el gânditor ca întotdeauna. Și majoritatea avem o parte întunecată pe care nu o arătăm multora.

Tómas făcu din nou o pauză. Îi povestise deja despre a doua descindere la Addi Gunna, din care nu părea să fi obținut vreo noutate. Parcă își cerea scuze pentru vărul lui, scoțându-i în evidență bunătatea pe care o avea din născare ca să echilibreze faptul că era implicat în activități mai mult decât suspecte. Se uită din nou la Ari Thór, care aprobă din cap în semn că înțelesese.

– Și eu am avut un oaspete, zise Ari Thór și îi povesti despre arma rătăcită a profesorului de liceu.

Tómas ridică o sprânceană. Cazul avansa, fără îndoială.

Informațiile despre apelurile efectuate către și de pe telefonul primarului veneau în ritm alert și se dovedea că primarul comunicase neobișnuit de des cu viceprimarul, o femeie care-și spunea Elín Reyndal dar al cărei nume era, de fapt, Elín Einarsdóttir, conform registrului național. Primarul o sunase imediat după vizita inopinată a polițiștilor.

– E ceva suspect acolo, șoptise Tómas când erau la primărie, așteptând-o pe Elín.

Abia apoi aflaseră că plecase la o ședință la cabana de la pârtia de schi din vale. Conștient că trebuia să păstreze o relație bună cu autoritățile locale și după terminarea anchetei, Ari Thór sugerase să se întoarcă a doua zi, dar Tómas nici nu voia să audă. Când bărbatul acesta, în general rezervat, își punea ceva în minte, nimeni nu-l putea face să se răzgândească.

– Nu. Mergem acum. Și nu sunăm înainte să-i spunem că venim. Uneori, când îi iei prin surprindere, oamenii îți oferă pe tavă tot ce vrei.

În cabană fuseseră aranjate mai multe rânduri de mese și scaune, însă nu văzură decât trei persoane, un bărbat și două femei. Peretele din spatele lor era acoperit cu rafturi ticsite cu clăpari și căști, toate pregătite pentru iarnă. Cei trei ridicară privirea când intrară polițiștii. Ari Thór o recunoscu imediat pe Elín și știa că bărbatul și femeia din fața ei formau cuplul care administra pârtia de schi. Erau tineri și energici și aveau idei ambițioase pentru zona pe care localnicii o numeau, cu toată modestia de care erau capabili, „Alpii din Siglufjördur".

Expresia de pe chipul Elínei arăta clar că se așteptase la vizita lor, dar nu trăda nicio urmă de nervozitate. Părea pregătită, aproape sfidătoare. Se uita când la unul dintre tineri, când la celălalt, așteptându-i pe polițiști să se apropie și să-i spună de ce o caută. Se pare că Tómas avusese dreptate. Dacă-i aștepta, atunci trebuie să fi avut ceva de zis – sau de ascuns. Fusese, probabil, hotărârea corectă să nu mai amâne discuția.

– Bună ziua, începu Ari Thór adresându-i-se Elínei. Trebuie să vorbim cu tine. Ai câteva momente?

Ochii celorlalți doi se măriră de parcă ar fi asistat la un eveniment de maximă importanță transmis *live* la televizor.

Elín nu se mișcă. Îl privi cu fermitate pe Ari Thór, refuzând să se lase intimidată.

– Sunt într-o ședință. Nu se poate mai târziu?

– Nu, o repezi Ari Thór, iritat instantaneu de atitudinea ei.

Ea se ridică.

– Putem sta de vorbă afară.

El ar fi preferat să poarte discuția în cabană. Era plăcut înăuntru. Gândurile lui Ari Thór se îndreptară din nou către iarna care se apropia. Căsuța aceea călduroasă din munți avea să fie un refugiu binevenit odată ce zăpada începea să cadă de-a binelea. Deja începea să fie tot mai frig afară, temperaturile coborâseră fără îndoială sub zero.

Ieșiră, iar Elín îi urmă. Era începutul după-amiezii și se apropia asfințitul. Era un frig care-ți tăia respirația. O zi superbă, pe care, însă, ai fi putut să o apreciez mai mult dacă ai fi fost de partea cealaltă a unei ferestre. O tăcere rău-prevestitoare se așternuse peste vale. Părea complet pustie, telefericul atârna nemișcat, nimeni nu schia, nu se zărea nicăieri vreo urmă de activitate.

– Nu vrei să stăm în mașină? întrebă Tómas.

– Numai dacă sunt arestată, răspunse Elín, părând complet stăpână pe sine. Mi-e bine aici. Vă e frig, domnilor? adăugă ea trecând cu privirea de la Ari Thór la Tómas.

– Elín Reyndal, zise Tómas. Sau Elín Einarsdóttir?

– E bine oricum, spuse ea și-și strânse buzele într-o linie subțire.

– E vreun motiv pentru care nu-ți folosești numele? Sau pentru care domiciliul tău legal e încă în sud?

– Reyndal e un nume de familie foarte bun. Nu văd niciun motiv pentru care să nu-l folosesc dacă vreau.

– Nimeni nu spune că n-ar trebui să-l foloseşti, zise Tómas. Doar că e curios.

– Cum zici tu.

– Cât despre domiciliul legal, am crezut că te-ai înregistrat aici, în Siglufjördur. Doar locuieşti aici permanent, nu?

– Încă nu-i nimic sigur. Nu sunt în oraş de mult timp, spuse ea cu răceală. Dacă tot întrebi, află că am de gând să-l schimb. Dar nu cred că doi poliţişti au venit până aici ca să-mi pună întrebări despre o adresă înregistrată greşit, continuă cu o expresie glacială întipărită pe chip.

– Care e relaţia dintre tine şi primarul Gunnar Gunnarsson? întrebă Tómas.

– Lucrez pentru el.

– Îl cunoşti de mult? interveni Ari Thór.

– Am fost colegi de şcoală, zise ea.

Nu voia să le ofere altceva în afară de faptele obiective.

– Prieteni apropiaţi?

Ezită pentru prima oară.

– Prieteni, da. Nimic mai mult.

– Aşa ai primit slujba?

– Ce insinuezi?

Acum fu rândul lui Ari Thór să ezite, dându-şi seama că păşeşte pe un strat subţire de gheaţă.

– Păi, m-am gândit că vrea să angajeze pe cineva cunoscut.

– Mă cunoaşte îndeajuns de bine încât să-şi dea seama că sunt de încredere. Asta-i tot.

Aruncă o privire la ceasul de la mână şi apoi la maşină.

– Trebuie să plec. Tot nu pricep de ce a fost nevoie să mă scoateţi din şedinţă.

– Aveţi multe să vă spuneţi, tu şi Gunnar, spuse Tómas cu calm, ignorându-i nervozitatea.

– Bineînţeles că vorbim unul cu celălalt.

– La telefon? În fiecare dimineață și seară? întrebă el, transformând afirmația într-o întrebare.

Elín ezită din nou. Nuanța de roșu care-i apăru în obraji ar fi putut fi provocată de temperatura scăzută.

– Mai vorbim din când în când, zise ea.

– Mi se pare că mai mult decât din când în când. Nu că aș avea încă un număr exact al apelurilor.

– Ce dracu' vrei să spui? Mi-ați ascultat telefonul?

Tómas rânji.

– N-am ajuns la ceva atât de grav, iar dacă am fi ajuns oricum nu ți-aș fi spus. Genul ăsta de informație nu e publică. Tot ce pot să-ți spun e că am făcut rost de un desfășurător al apelurilor efectuate de pe și către telefonul lui Gunnar. Numele tău apare de multe ori pe listă.

Părea năucită, iar Ari Thór începu să creadă că exteriorul dur nu era chiar atât de impenetrabil pe cât și-ar fi dorit ea.

Își acordă un răgaz de gândire.

– Nu înțeleg unde vreți să ajungeți. Nu sunt obligată să vă explic nimic despre mine sau despre ce discut cu Gunnar. Și, înainte să întrebați, nu mă culc cu el.

– Nici nu voiam să-ntreb, replică Tómas. Ieri am fost pe la Gunnar și l-am perpelit puțin...

Ari Thór se uită instinctiv într-o parte, parcă vrând să lase de înțeles că el nu s-ar fi exprimat așa.

Elín așteptă în tăcere.

– Și știi care a fost primul lucru pe care l-a făcut după întâlnirea-interogatoriu? întrebă Tómas.

Elín scutură din cap.

– Te-a sunat pe tine.

O clipă de liniște, apoi Tómas reluă.

– De ce? Ce trebuia să-ți spună?

– Ce să-mi spună? izbucni ea, câștigând un moment de respiro. Aveam de planificat niște chestiuni.

Frontul sfidător începea să cedeze, iar Ari Thór nu se gândi decât că mințea prost. Probabil spunea primul lucru care-i trecea prin minte.

– Planuri pentru zona de schi? se interesă el cu falsă politețe.

– Ce? Nu-mi amintesc. Se poate.

Se uită din nou la ceas.

– Aveai vreo legătură cu Herjólfur? întrebă Tómas, care nu părea să-și dorească să încheie discuția mai repede, în ciuda frigului mușcător.

Zona era minunată în timpul verii, temperaturile atingeau valori ridicate în zilele însorite, dar într-o zi ca aceea nu puteai decât să dârdâi.

Ari Thór se îndepărtă cât putea de discret. Când intră în mașină, sună pe numărul de mobil al primarului, iar Gunnar răspunse după câteva tonuri.

– Da? Alo?

Era limpede că nu-și dăduse seama cine-l caută.

– Alo, aici Ari Thór, de la poliție. Deranjez?

– Nu, deloc, tocmai am ajuns acasă.

Cam devreme, își zise Ari Thór.

– Ieri, după ce ai discutat cu Tómas și cu mine…

– Da… da, te ascult, interveni Gunnar.

– …ai sunat-o pe colega ta, Elín.

De partea cealaltă se lăsă tăcerea, iar Ari Thór hotărî s-o lase să se prelungească, pentru ca apoi să atace decisiv. După câteva clipe de liniște adăugă:

– De ce ai sunat-o?

– De ce-am sunat-o?

– Voiai s-o previi în legătură cu ceva? insistă Ari Thór pe același ton cumpătat.

– Nu, bineînțeles că nu. Nu. Eu, ăăă… Voiam doar să-i spun că ați trecut pe la mine să-mi puneți câteva întrebări despre anchetă, în caz că se interesa cineva. Ca să putem răspunde corect.

Ari Thór auzea respirația sacadată a lui Gunnar de la celălalt capăt al convorbirii. Unul dintre ei mințea, ori el, ori Elín. Sau poate că mințeau amândoi. Tómas făcuse o mișcare inteligentă cerând desfășurătoarele apelurilor, chiar dacă nu avusese un temei solid.

– Îmi pare rău, nu cred că am înțeles, spuse Ari Thór politicos. „Ca să puteți răspunde”? Cui? E cumva și purtătorul de cuvânt al primăriei?

– Ei, nu. Nici vorbă. Dar avem o relație profesională apropiată. Am luat-o în echipa mea pentru că o cunosc de mult și sunt convins că pot avea încredere în ea. E ca și mâna mea dreaptă, zise Gunnar cu o inflexiune mai tăioasă în glas. Dar cum ați aflat de apelul ăla? Nu că aș avea ceva de ascuns, dar...

– Am obținut un desfășurător al apelurilor primite și efectuate.

– Ce? Aveți acces la așa ceva?

– Nu, am cerut un mandat.

– Mandat?

– Exact. Ca să adunăm la un loc toate faptele, pentru că tu și Herjólfur ați vorbit cu foarte puțin timp înainte să fie împușcat.

– Doar mie mi-ați controlat apelurile sau și altora? întrebă el și Ari Thór îi simți în glas un amestec de furie și teamă.

– Din păcate nu pot să răspund la întrebarea asta. Sunt sigur că înțelegi de ce.

Ari Thór văzu că Tómas se apropie de mașină. Terminase de vorbit cu Elín.

– Trebuie să închid, Gunnar. Mulțumesc că mi-ai acordat din timpul tău, spuse Ari Thór și încheie apelul.

– La taclale cu primarul? întrebă Tómas când se urcă la volan.

Era un vechi obicei acela ca Tómas să conducă.

Ari Thór încuviință.

– Excelent, băiete. Excelent. Ce-a zis?

– Nu ce ne-a spus Elín.

– E din ce în ce mai bine. O să fie extrem de interesant.

Tómas porni motorul, însoțind expresia îngândurată de pe chip cu un zâmbet. Găsiseră o pistă, iar Ari Thór era sigur că lucrurile n-o să se sfârșească bine pentru primarul din Siglufjördur.

Ieri n-am scris nimic.

Toată ziua am zăcut în pat.

O să te simți mai bine, a zis Dr. Helgi. A fost unul dintre puținele lucruri pe care mi le-a zis înainte să mă ușuiască din biroul lui.

Ce porcărie! Nu m-am simțit niciodată mai rău ca acum. Pastilele astea nu-mi fac deloc bine. Dimpotrivă. Nu mă mai recunosc. Dorm mai prost decât înainte și am gura uscată tot timpul. Trebuie să ai răbdare cu pastilele, „să cooperezi cu ele" – asta îmi tot reamintește personalul de-aici.

E ora prânzului. De fapt, n-am ceas, așa că nu știu exact ce oră e, dar tocmai am fost chemați la masă. În comunitatea noastră mică, asta înseamnă că e ora prânzului. Nu mă duc. Nu mă simt în stare.

Toți îmi spun că efectele secundare și problemele de adaptare o să treacă, sunt doar o parte din noua mea relație cu medicamentele.

Aici nimeni n-are nevoie de ceas. Timpul trece într-un ritm dictat de un orar bine stabilit: micul dejun, ședința de dimineață, prânz, cafea de după-amiază, cină. Apoi totul o ia de la capăt a doua zi. Monotonia asta nenorocită l-ar înnebuni și pe un om normal, deși trebuie să recunosc că are ceva liniștitor. Înainte îmi era groază de fiecare nouă zi, nu știam ce-o să aducă, dar teama a început să se destrame. Și eu odată cu ea.

19

Nici urmă de Kristín când Ari Thór ajunse acasă la cină. Își zise că era sus și-l culca pe Stefnir. Adusese o pizza, dar imediat ce intră în bucătărie văzu că ei mâncaseră deja pește. Pentru el nu mai rămăsese nimic în frigider, poate ca un reproș tacit că de la începutul anchetei nu mai petrecea timp cu familia. Sau poate Kristín pur și simplu nu crezuse că mai ajunge la cină.

I-ar fi plăcut să urce tiptil și să se uite pe furiș la ei, dar pe Kristín ar fi deranjat-o s-o întrerupă chiar când încerca să-l adoarmă pe micuț. Probabil că era mai bine să rămână în bucătărie, cu pizza care încă era caldă. Poliția din Siglufjördur nu trăia cu gogoși – elementul principal al dietei lor era pizza, dar și delicioșii melci cu scorțișoară de la brutăria din oraș.

Ari Thór ratase buletinul de știri de seară și nu-i părea rău. Văzuse și auzise deja destule știri care speculau pe seama atacului. Un atac armat asupra unui polițist era o știre colosală, fără precedent în istoria micii insule, și ocupa tot spațiul de transmisie, chiar dacă ancheta în sine avansa foarte lent. N-avea nevoie să asculte cum reporterii îi spun lucruri pe care le știa deja și să-i reamintească faptul că încă nu era rezolvat cazul. Probabil îl descoperiseră pe proprietarul puștii, profesorul Ingólfur – mai bine zis, el îi descoperise pe ei. Criminaliștii căutaseră prin garajul lui Ingólfur și nu găsiseră nimic relevant pentru caz. În opinia lui Ari Thór, povestea lui Ingólfur era plauzibilă. Probabil că arma fusese furată. Părea să fie același tip de pușcă folosit și împotriva polițistului, însă nu puteau fi siguri decât după ce o găseau.

Vecinii lui fuseseră luați la întrebări, poate văzuse cineva ceva, dar nu descoperiseră nimic. Cazul rămânea învăluit în mister. Ingólfur va trebui considerat suspect, însă lui Ari Thór îi venea greu să creadă că profesorul avea vreo altă vină decât neglijența.

Poliția încă nu comunicase public această nouă fațetă a anchetei, iar undeva în sinea lui spera ca Ingólfur să poată fi protejat de lumina reflectoarelor, chiar dacă era puțin probabil. Cu siguranță că oamenii văzuseră echipa de criminaliști care-i cerceta garajul, iar genul acela de bârfă se răspândea ca un incendiu într-o comunitate mică. Nu peste mult timp urmau să apară și jurnaliștii flămânzi care adulmecaseră o urmă nouă.

Dorind să nu mănânce pizza chiar de unul singur, deschise în cele din urmă televizorul în mijlocul unui talk-show despre permisul de portarmă, un subiect de foarte mic interes în Islanda. Nu erau greu să-și dea seama ce anume stârnise discuția.

„În Islanda există șaizeci de mii de arme de foc înregistrate!" spunea unul dintre invitați. „Șaizeci de mii! Asta înseamnă că unul din cinci islandezi deține o armă, iar dacă luăm în calcul doar populația adultă, procentul e semnificativ mai ridicat! Acum câtiva ani, un studiu a arătat că Islanda e pe locul cincisprezece în lume la posesie de arme pe cap de locuitor. Cincisprezece! Ca să nu mai spun că probabil cifrele sunt mult mai mici decât realitatea!"

O societate de vânători, își zise Ari Thór.

„«Pe cap de locuitor»", pufni altcineva. „Pe cap de locuitor se obțin tot soiul de cifre bizare sau minunate..."

„Poftim?", croncăni primul. „Suntem pe locul cincisprezece în lume. Dacă e să dăm crezare cifrelor, înseamnă că avem în jur de nouăzeci de mii de arme de foc. La ce, Doamne iartă-mă, ne trebuie atâtea arme? Nu credeți că e momentul să se înăsprească regulile? Și-apoi ce urmează? Să înarmăm poliția? Mi se pare că toată lumea are acces la arme de foc, mai puțin polițiștii."

Ari Thór se bucura în tăcere de dezbatere când o bătaie puternică în ușă destrămă liniștea cinei. Tresări. Lăsă jos felia de pizza pe jumătate mâncată și se ridică, cuprins de un sentiment de neliniște pe care se strădui din răsputeri să-l ignore. Nu aștepta pe nimeni în vizită și Tómas nu era genul care să apară neanunțat.

Aruncă o privire la telefon ca să vadă dacă încercase cineva să-l sune și ca să fie sigur că nu-l închisese din greșeală sau îl trecuse pe *silent*. Nu era cazul. La drept vorbind, n-avea niciun motiv să se teamă de cineva care bate la ușă pe nepusă masă, nu în Siglufjördur. Cu greu putea să-și închipuie un loc mai liniștit. Era un oraș unde de stihii trebuia să-ți fie uneori frică, nu de vecini. Însă acum cineva îl împușcase pe unul dintre cei doi polițiști din oraș. Iar cel care rămăsese era Ari Thór. Oare vinovatul avea un dinte împotriva poliției? Oare Herjólfur nu fusese decât prima victimă?

Ciocănitul se auzi din nou, mai tare și hotărât.

O clipă mai târziu se auzi și un bocănit în tavan. Casa era veche și construită din lemn, iar zgomotele răzbăteau peste tot înăuntru. Kristín își dăduse fără îndoială seama că Ari Thór venise acasă, iar acum îi ajunseseră la urechi și bătăile în ușă. Lovea în podea ca să-i dea de înțeles să vadă imediat cine e la ușă, în timp ce ea încerca să-l culce pe Stefnir.

Ari Thór se grăbi în hol.

Becul din fața ușii trebuia înlocuit, așa că se strădui să pătrundă întunericul cu privirea. Văzu chipul unui om pe care-l recunoscu, dar cu care nu vorbise niciodată: Ottó N. Níelsson, nou-alesul consilier municipal din Siglufjördur, născut și crescut în oraș, întors de curând acasă după mulți ani petrecuți la Reykjavík.

– Bună seara, Ari Thór, spuse el cu o voce profundă, de bas, înainte ca Ari Thór să apuce să deschidă gura. Sper că nu te deranjez. Aș vrea să vorbesc ceva cu tine.

Din moment ce făcuse efortul să vină după lăsarea întunericului, chestiunea probabil că nu suferea amânare.

– Sigur, hai înăuntru.

– Mulţumesc. Mulţumesc foarte mult, zise Ottó, ştergându-se de un noroi imaginar pe preş înainte să-l urmeze pe Ari Thór în sufragerie.

Lui Ari Thór i se părea ciudat ca străinul să-l viziteze aşa târziu şi se simţi uşurat s-o ştie pe Kristín ocupată la etaj.

Cunoştea câte ceva despre trecutul lui Ottó. Era un membru de vază al lumii afacerilor din Reykjavík şi dăduse lovitura cumpărând ceea ce mai rămăsese dintr-o reprezentanţă auto împovărată de datorii, exact când nimeni nu mai căuta maşini noi. Umbla vorba că vânduse compania câţiva ani mai târziu, când economia îşi revenea după criza financiară, şi obţinuse un profit considerabil. Se mutase înapoi în Siglufjördur, candidase la alegerile municipale şi fusese ales. Se mai spunea şi că făcuse presiuni ca Gunnar Gunnarsson să fie numit primar – Gunnar era un prieten apropiat, dar şi străin de loc, fără multă experienţă.

Ari Thór se aşeză şi aşteptă ca oaspetele lui să treacă la subiect.

– Cum merge ancheta? întrebă Ottó.

Vocea părea să-i vină din adâncurile pieptului. Privirea nu i se mută de pe chipul lui Ari Thór şi era limpede că venise acolo din alte motive decât pura curiozitate.

– Rezonabil, răspunse Ari Thór, limitându-se la un răspuns scurt.

Ottó tăcea.

– Evident, nu am voie să discut amănunte legate de investigaţie, reluă Ari Thór ca să rupă tăcerea.

– Aşa e. Bineînţeles, spuse Ottó.

– Vrei o cafea? întrebă Ari Thór, sperând să primească un răspuns negativ.

– Nu, dar mulţumesc oricum. Nu stau mult.

Se apleca în faţă.

– Ai vorbit cu Gunnar, chiar de mai multe ori, din câte am înţeles. Sau, mai bine zis, l-ai interogat, dacă ăsta-i cuvântul…

– Nu pot să confirm…, începu Ari Thór, dar Ottó îl întrerupse.

– Mi-a spus chiar Gunnar, deci n-am nevoie să confirmi nimic. Iar mai devreme ai hărțuit-o pe doamna viceprimar, Elín Reyndal, spuse înainte ca Ari Thór să-i poată da vreo replică.

Ottó accentuă în mod special expresia „ai hărțuit-o".

– Ți-am spus, nu am voie să discut detaliile cazului...

– Bine, bine. Tu și Tómas ați vorbit cu Gunnar și Elín și nu pot să pricep de ce, nici să mă tai. Știu, sau sunt aproape sigur, că a fost ideea lui Tómas. Îl știu de pe vremuri. E insistent de felul lui. Se mută în sud, e promovat frumos și pe urmă apare ocazia să conducă ancheta de aici – bineînțeles că bătrânul vrea să-și facă simțită prezența. Asta vreau să spun, Ari Thór. Vreau să spun că nu dau vina pe tine pentru toate astea.

Se opri o clipă, apoi reluă:

– Am hotărât că trebuia să vorbim între patru ochi. Eu cu tine, nu cu Tómas. Pot să am încredere în tine și știu că ești de prin partea locului, sau aproape de prin partea locului, practic ai devenit un element din peisaj. Însă Tómas s-a mutat și probabil că n-o să se mai întoarcă. Chiar crezi că primarul ar fi încercat să ucidă un inspector de poliție? Ce zici?

Se uită lung la Ari Thór.

– Sau că viceprimarul ar fi fost în stare de asta? Spune-mi, serios.

Ari Thór se ridică și zâmbi. Nimeni nu-i mai spusese vreodată că e de-al locului în Siglufjördur și era sigur că Ottó făcuse asta doar ca să obțină un serviciu.

– Mă tem că nu pot să discut așa ceva cu tine. Sper că mă înțelegi. Ancheta se află într-un punct foarte sensibil. Îți închipui ce-ar ieși dacă s-ar afla că-ți dau amănunte despre caz.

Ottó se ridică și el.

– De ce să se afle?

Ari Thór întinse mâna.

– Mă bucur că te-am văzut, Ottó, și mulțumesc că ai trecut pe-aici. N-ai de ce să-ți faci griji – ancheta e pe mâini bune și cred că misterul va fi descâlcit în următoarele câteva zile.

– Păi chiar va fi dacă nu v-ați mai pierde vremea cu tâmpenii irelevante! Dă prost pentru toată lumea, Ari Thór, dacă scapă zvonul că poliția interoghează doi oficiali importanți... Și nu doar pe primar, spuse Ottó, ridicând tonul – amenințarea era limpede.

Ari Thór îl pofti pe musafir la ușă, afișând o mină liniștită, chiar dacă în sinea lui gândurile i se învolburau în minte. Oare fusese prea politicos? Sau poate prea puțin politicos?

Instinctul îi spunea că nici Gunnar și nici Elín nu aveau de-a face cu atacul, dar poate că el și Tómas săpaseră prea adânc în direcțiile acelea. Iar în miezul chestiunii era faptul că, odată terminată ancheta, el trebuia să trăiască mai departe în comunitatea aceea restrânsă în vreme ce Tómas se întorcea la postul lui din sud. Nu putea să-și pună în pericol slujba sau familia, și nici perspectiva unei promovări în caz că Herjólfur nu-și revenea. Ari Thór era silit să pășească foarte, foarte atent.

Azi am vorbit îndelung cu asistenta. Nu pentru că mi-ar face vreo plăcere deosebită ci pentru că, spre deosebire de doctor, ea chiar se sinchisește să mă asculte.

Se sinchisește să mă asculte? Mă rog... măcar m-a ascultat, dar să nu uităm că e plătită să aibă grijă de pacienți. Am încercat s-o îmbrobodesc, i-am spus că e singura persoană normală care lucrează aici. De fapt, cred că e puțin cam proastă, dar ce dracu' – măcar m-a ascultat.

N-am ajuns chiar să-i spun toată povestea de la început – de ce sunt cum sunt – dar am încercat s-o fac să înțeleagă că medicamentele au un efect cumplit asupra mea și doar îmi înrăutățesc starea. I-am spus că nu trebuie să fiu aici, dar la cum stau lucrurile acum, o să mă las pe mâna doctorilor. Doar că-mi trebuie alte medicamente.

Mi-a promis că face tot posibilul, că Dr. Helgi o să lipsească o vreme, dar că poate fi contactat pentru urgențe. Poate că de asta am nevoie. De o urgență.

20

Ari Thór se trezi devreme. Fizic, se simțea mult mai bine decât în ultimele câteva zile pentru că în sfârșit începea să dovedească gripa care-l doborâse. Comportamentul ciudat al Kristínei încă îl îngrijora, dar trebuia să se concentreze asupra anchetei.

Întâlnirea cu Ottó îl tulburase toată seara, dar izbutise să adoarmă repede. Stefnir îi trezi pe amândoi la ora șase, însă îl convinseră pe micuț să închidă ochii la loc. Având liber în ziua aceea, Kristín se cuibări la loc în pat, însă Ari Thór rămase treaz. În minte, întorcea pe toate fețele informațiile dintr-un caz care evolua în direcții tot mai interesante. Îi spusese în treacăt lui Tómas că vrea să stea de vorbă cu bătrâna care cunoștea istoria întunecată a casei unde fusese împușcat Herjólfur. O chema Jódís, era sora bărbatului care fusese în casă cu gemenii Baldur și Börkur în urmă cu peste o jumătate de secol, când primul dintre ei își pierduse viața căzând de la balcon.

Stabiliseră să se întâlnească de dimineață, la cafea, la biserică.

– Obiceiul a început cu reverendul Eggert, zise Tómas. Deschide biserica în fiecare dimineață la șapte și le oferă cafea doritorilor. Vărul meu e client fidel, și din câte aud, la fel și Jódís.

Fără îndoială urma să fie o zi lungă, grea, așa că nu strica să înceapă cu o discuție relaxată. Voia să se bucure de dimineață înainte să înceapă telefoanele, insistențele presei și ordinele lui Tómas.

Pe Ari Thór îl întâmpină o briză rece dinspre nord. Biserica nu era departe, prin urmare nu avea rost să ia mașina. Peste noapte ninsese, iar temperatura rămânea sub zero grade. Trotuarele erau acoperite cu un strat fin de gheață care trosnea la fiecare pas, iar întreg orașul era cuprins parcă de o aură scânteietoare de gheață. Vântul tăios, semn că iarna se înstăpânea cu toate puterile, pândea la fiecare colț. Ari Thór avusese parte de ierni blânde la Reykjavík, dar la Siglufjördur nimeni nu cunoștea noțiunea de iarnă blândă.

Ari Thór păși grăbit pe treptele bisericii și urcă la etaj, în încăperea care servea drept *church hall*, simțind cum își recapătă puterile.

Hotărî să se îmbrace în civil, pentru că inițiativa lui nu prea avea de-a face cu poliția, iar uniforma nu s-ar fi potrivit deloc în contextul respectiv. Mai mulți pensionari stăteau așezați la o masă dintr-un colț. Când Ari Thór își făcu intrarea, vârsta medie a celor din încăpere scăzu considerabil și amuțiră cu toții. Nici urmă de reverendul Eggert, însă unul dintre oaspeți, un bărbat care se apropia de nouăzeci de ani, vorbi în numele tuturor:

– Bună dimineața! Vrei să ni te alături?

Necunoscând-o pe Jódís după înfățișare, hotărî să-și încerce norocul.

– Mulțumesc. Nu vreau să vă întrerup. Speram s-o găsesc pe Jódís.

Una dintre femeile de la masă ridică privirea.

– Mi-am terminat cafeaua și sunt curioasă de ce mă cauți, tinere.

Se ridică și întinse o mână delicată, osoasă.

– Eu sunt Jódís. Iar tu ești...?

– Ari Thór, răspunse și-i strânse mâna.

Era mult mai scundă decât el, ușor adusă de spate și purta o rochie elegantă de aceeași culoare cu a părului argintiu strâns într-un coc.

– Hai să stăm jos.

Ea arătă spre o masă ceva mai îndepărtată de grup.

– Acolo e bine?

– Sigur.

– Excelent.

Se așezară fiecare de câte o parte a mesei. Mirosul greu al parfumului ei era aproape copleșitor, chiar și la distanță de câteva zeci de centimetri.

– Mă așteptam să veniți, tu sau altcineva.

Își lipi buzele într-un zâmbet politicos.

– Eu sau altcineva?

– Da. Ești de la poliție, nu-i așa? întrebă ea cu o sclipire în ochi. Nu despre casă vrei să mă întrebi?

– Ba da, se fâstâci Ari Thór, luat prin surprindere.

– Și ce vrei să afli, dacă-mi dai voie?

– Păi, mă interesează doar istoria locului.

– Și crezi tu, tinere, că istoria casei poate lămuri întâmplările din ultimele câteva zile? Că trecutul e cheia enigmelor din prezent?

– Nu se știe niciodată.

– Mărturisesc că am dubii, dar n-o să evit nicio întrebare. Nu că aș fi sigură că am toate răspunsurile. Sper că mă-nțelegi.

Ari Thór aprobă din cap.

– Desigur. E doar o discuție informală, nu ceva oficial.

– Atunci suntem pe-aceeași lungime de undă, zâmbi Jódís. Întotdeauna e un început bun.

– E adevărat că un bărbat și-a pierdut viața în casă acum cincizeci de ani?

– Cred că știi răspunsul la fel de bine ca și mine, zise ea binedispusă.

– Iar fratele tău era de față când s-a întâmplat asta?

– Așa e. Îl chema Jónmundur. Eram Jónmundur și Jódís. El a murit de mult. Bănuiesc că știai asta dinainte să ne întâlnim. Toți trei au murit: Jónmundur, Börkur și Baldur.

– Când s-a întâmplat, mai exact? Mi s-a spus că prin 1960.

– În toamna lui ’61. A fost un an memorabil din multe puncte de vedere. A fost unul dintre cei mai buni ani pentru hering. În vara aia am stabilit un record – am sărat șaptesprezece mii de butoaie într-o singură zi. Șaptesprezece mii!

Zâmbi, la amintirea acelor vremuri.

– Pot să spun „noi" pentru că am participat și eu. Presupun că nu-nțelegi cât de important era heringul pe-atunci.

Ari Thór era prea tânăr să-și amintească epoca heringului din Siglufjördur, însă citise despre ea și auzise multe povești cu heringi de când se mutase în nord. Siglufjördur fusese cel mai mare port de hering din Islanda și crescuse când pescuitul de hering era la apogeu. Prima fabrică de hering din oraș apăruse la începutul secolului al XX-lea și o bucată de timp heringul devenise cea mai importantă marfă de export a Islandei. Toată lumea din oraș participa – bărbați, femei, copii care sărau peștele în fabrici și îl puneau în butoaie. Banii curgeau cu nemiluita, nu doar pentru localnici, ci și pentru cei care veneau în Siglufjördur ca să lucreze în industria peștelui. Cu toții contribuiau la transformarea argintului mării într-un bun de preț. Dar apoi, la sfârșitul anilor '60, heringul dispăruse, părăsise coastele nordice ale Islandei. În prezent, Siglufjördur era un loc complet diferit și, cu toate că anii heringului păstrau un loc important în amintirile localnicilor, unui tânăr care nu trăise acolo îi era greu să înțeleagă atmosfera unei epoci demult apuse.

– Toată lumea lucra în industria heringului?

– Da, absolut. Toată lumea.

– În noaptea în care s-a petrecut accidentul avea loc o petrecere?

– Pe-atunci nu prea erau petreceri. Dar Jónmundur și gemenii erau prieteni buni și le plăcea să mai bea câte-un păhărel când se întâlneau. Nu erau ei genul care să se abțină, îți garantez.

– Și erau toți trei în noaptea în care Börkur... pardon, în noaptea în care Baldur și-a pierdut viața? se încurcă Ari Thór, silit să admită că nu era sigur care dintre gemeni murise.

– Baldur a fost cel care a căzut, zise Jódís cu o notă de răceală în glas. Să nu-i confundăm.

– Așa e, spuse el, simțindu-se brusc ca un elev cu lecția neînvățată în fața unei profesoare severe.

– Erau toți trei în casă, da. Te întreb din nou, crezi că ce s-a întâmplat cu atât de mult timp în urmă ar putea avea vreo legătură cu ancheta de acum?

– Te înțeleg dacă preferi să nu vorbim despre asta.

– A fost o nenorocire, nimic altceva.

– Un accident?

– A căzut de la balcon și n-a supraviețuit.

– Băuse?

Se gândi ceva timp înainte să răspundă.

– Cred că a fost vina întunericului mai degrabă decât a băuturii, sinceră să fiu.

– Fratele tău a văzut scena? Ți-a povestit ceva?

– Sunt două întrebări, tinere. Dă-mi voie să-ți răspund la fiecare, pe rând.

– Scuze. Fratele tău a văzut ceva?

– Nu.

– A discutat vreodată cu tine despre noaptea aceea? Adică despre întâmplările din noaptea aceea?

– Nu.

– E posibil ca Börkur să-l fi împins pe Baldur? întrebă Ari Thór.

Börkur sau Jónmundur, îi stătuse pe limbă, dar nu voia s-o necăjească pe bătrână.

Ea se aplecă în față și-i puse o mână pe braț.

– Uneori e mai bine ca adevărul să se odihnească în pace, șopti ea și se ridică. Îți mulțumesc pentru conversație, Ari Thór. Mi-a făcut mare plăcere să te cunosc. Lasă-mă să mă mai gândesc. Poate a venit momentul să scoatem de la naftalină câteva secrete. Poate.

Jódís se îndepărtă cu pași mărunți și hotărâți spre prietenii ei din colț. Nu privi înapoi.

*

După discuția cu Jódís, Ari Thór se duse acasă să se schimbe în uniformă înainte să meargă la Tómas la secție. Nu mai părea la fel de frig ca înainte, însă vântul sufla cu toată puterea dinspre nord, parcă vrând să fie sigur că Ari Thór nu uită unde se află. Se uită la cer și nu văzu decât nori întunecați.

– A fost cel puțin ciudat, îi zise lui Tómas după ce-i povesti despre întâlnirea cu Ottó, din seara precedentă. O amenințare voalată, așa mi s-a părut. A avut tact, dar nu m-am mai confruntat cu așa ceva.

– O să te obișnuiești, fu primul lucru pe care i-l zise Tómas. Nu m-am înțeles niciodată cu Ottó.

– Îl cunoști bine?

– Ne știm destul de bine, dar n-am mai păstrat legătura. A făcut o căruță de bani după criză, din niște afaceri, parcă, dar ține banii în sud, iar asta nu-l face prea simpatic pe-aici.

Cum adică își ține banii în sud?

– A investit acolo, dar locuiește aici. Mulți sunt de părere că ar trebui să investească acasă, dar înspre Siglufjördur nu curge niciun bănuț. Individul a fost mereu cam zgârie-brânză și nu s-a schimbat. Îi place să locuiască aici și se crede un fel de barosan local acum că e consilier municipal. Își face cumpărăturile la Coop, dar cam atât. Cel puțin așa se spune. Iar știrea din dimineața asta pică foarte prost. Lui Ottó n-o să-i placă deloc.

– Ce știre?

– Pe net, un articol despre Elín.

– Elín? întrebă Ari Thór confuz.

– Cineva ne-a văzut ieri la cabană și a apărut un articol de scandal despre viceprimarul din Siglufjördur care e interogat de poliție. Are și poză cu ea și tot ce trebuie, explică Tómas vizibil nemulțumit.

– Cuplul care conduce cabana..., spuse Ari Thór. Ei trebuie să fi fost...

– Într-un oraş mic ca ăsta nu există secrete, comentă Tómas, roşind puţin.

– Bun, dar pe Ottó ce-l interesează la cazul ăsta? întrebă Ari Thór.

– Asta mă-ntreb şi eu, răspunse Tómas, făcând o grimasă de parcă ştia ceva ceva ce nu era încă pregătit să împărtăşească.

Ari Thór aşteptă răbdător.

Tómas oftă.

– Păi, pentru început, înţeleg că postul de primar al lui Gunnar se află sub tutela lui Ottó, că Ottó l-a ales şi susţinut, chiar dacă existau şi alţi candidaţi deloc mai răi şi poate chiar cu mai multă experienţă. A obţinut ce voia, probabil nu fără efort – pentru că Gunnar e un străin care n-a mai pus vreodată piciorul aici. Ceilalţi doi candidaţi sunt din locuri diferite din oraş, deci îţi închipui că exista o rivalitate care împărţea drastic voturile. Gunnar a avut un avantaj clar. Iar Gunnar a adus-o cu sine pe Elín. Un lucru duce la altul.

– Ai zis „pentru început".

– Ce perspicace suntem în dimineaţa asta! zise Tómas şi pe buze îi trecu umbra unui zâmbet. Ieri seară am vorbit cu profesorul acela, Ingólfur, şi cu soţia lui. Sunt devastaţi, cutremuraţi că e posibil să se fi tras cu puşca lui – şi sunt aproape sigur că puşca aia a fost cea folosită.

– Şi eu cred la fel.

– Se pare că nu doar membrii clubului de vânătoare ştiau de puşca lui. Şi soţia lui e membru al clubului, sunt mai multe femei care pescuiesc somon. Ea mi-a spus că au fost cu toţii în garaj la un moment dat şi că mai mulţi au propus să meargă la vânătoare când a venit vorba de puşca lui Ingólfur. Şi fiul lor a recunoscut că a dat o petrecere într-un weekend când părinţii lui erau plecaţi, i-a invitat pe toţi copiii care termină colegiul în primăvară. Îşi puseseră băutura în garaj… Şi au avut şi oaspeţi la cină, unde s-a discutat despre vânătoare. Musafirii s-au uitat la puşcă şi ghici cine era printre ei.

– Ottó?

– Ai nimerit din prima. Nu mi-am dat seama ieri pentru că nu puteam să fac nicio legătură directă cu Ottó. Dar acum, după ce a trecut pe la tine, și-a asigurat un loc în anchetă.

– Și-acum ce facem?

– Păi, nu prea multe deocamdată. N-o să plece nicăieri, dar am întinde coarda dacă l-am chema la o audiere doar pentru că a mâncat acasă la Ingólfur. Însă rămânem cu ochii pe el...

Ari Thór se uită pe fereastră. Norii negri pe care-i văzuse în drum spre birou începuseră să bombardeze micul oraș cu un amestec de ploaie rece și zloată. Pe trotuar se formau bălți care înghețau, iar geamurile secției începuseră să se aburească. Nu era o zi de stat afară, își zise și se făcu mai comod în scaun. Nu putea să-și scoată din minte întâlnirea cu Ottó. Simțea că se depășise o limită, că i se invadase viața de familie. Un străin – în cazul de față, Ottó – ajunsese extrem de aproape de familia lui într-o noapte liniștită. *Dacă ar fi fost ucigașul...* își zise Ari Thór, simțind cum groaza i se răspândește prin corp.

Asistenta a venit și a vorbit cu mine după prânz. Am reușit cumva să mă târăsc până acolo, am stat jumătate de oră și am încercat să mănânc ceva.

Mi-a zis că a vorbit cu Helgi și că el a zis să mai rezist puțin și că o să ne vedem săptămâna asta. Am întrebat dacă nu pot pur și simplu să nu mai iau medicamentele.

Sub nicio formă, a zis ea. Nu ne dăm bătuți din atâta lucru. Medicamentele astea au mereu efecte secundare, a zis.

Nu s-a uitat în ochii mei.

21

Gunnar credea că ajunge primul la serviciu, însă Elín era deja acolo. Erau singuri în clădirea primăriei, însă o rugă să vină până în biroul lui. Elín închise hotărât ușa în urma ei.

– Nu vreau s-o iei personal, spuse el cu blândețe. Mă refer la știrea aia.

Fusese destul de surprins să vadă că Elín apărea pe majoritatea site-urilor de știri pe care se uitase la micul dejun.

Ea ezită, încercând să minimalizeze situația:

– Nu-i nimic. O să se liniștească apele. Voiam să vorbim despre altceva... Îmi pare rău pentru ieri..., zise ea, fâstâcindu-se cum nu-i stătea în fire; de obicei era hotărâtă și concentrată, asta și prețuia Gunnar atât de mult la ea – și tot asta îl atrăgea.

– Ei, stai liniștită. Amândoi suntem vinovați, spuse el, regretând imediat că folosise cuvântul *vinovați*.

– Dacă vrei să plec, să-mi dau demisia...

– Să-ți dai demisia? Ai înnebunit? Nu pot să fac munca asta fără tine, spuse el și zâmbi ca să detensioneze atmosfera.

– A fost complet aiurea, insistă ea cu glas încet, ferindu-și ochii.

– Nu, n-a fost. Ar fi fost aiurea dacă aș fi insistat în calitate de șef al tău să faci asta, spuse el hotărât să joace cărțile pe față, simțind cum i se înfierbântă sângele. Nu e ca și cum nu mi-ar fi trecut și mie prin minte, Elín...

Chipul ei se lumină vizibil și îi întoarse zâmbetul.

– Mă gândeam eu. Cred că e greu să fii departe de toți. Dar vreau să mă crezi că n-am de gând să-ți distrug familia.

– Căsnicia nu merge grozav, Elín. Nu mai merge. Trebuie să recunosc. Nici nu știu dacă mai vreau să trag de ea.

Elín se așeză în fața lui fără să spună un cuvânt. Mingea era în terenul ei.

Auzi niște uși deschizându-se și închizându-se undeva în clădire când cineva intră într-un birou.

– Probabil că nu e cel mai bun moment să vorbim despre asta. N-ai vrea să bem o cafea după serviciu?

– E perfect, zise ea, hotărâtă și stăpână pe sine, iar el o recunoscu pe Elín cea dintotdeauna.

Mai știa și că ieșirea la cafea urma să se încheie cu ei doi în pat. Era evident că amândoi se gândeau la același lucru. Mai rămânea de stabilit doar unde era cel mai bine să se întâlnească.

Ea îi citi în mod evident gândurile pentru că spuse:

– Nu vrei să vii pe la mine? Mi se pare că fac un espresso decent.

– Sună bine, zise el, simțind că roșește.

Elín se ridică și părăsi biroul primarului fără vreun alt cuvânt.

Lucrurile luau o turnură neașteptată, își zise Gunnar, dar probabil inevitabilă. Fuseseră mereu atrași unul de celălalt iar acum, că împărtășeau un secret, secretul lui, legătura părea mai strânsă ca niciodată.

22

Pe la prânz, o umbră se aşternu peste cel mai nordic oraş al Islandei. De această dată nu era umbra munţilor dimprejur, ci altceva mult, mult mai întunecat.

Herjólfur murise de dimineaţă, fără ca între timp să-şi fi recăpătat cunoştinţa. Multe întrebări rămâneau fără răspuns, iar acum nu mai exista nicio mărturie directă cu privire la ce se întâmplase în noaptea aceea de furtună îngheţată. Oare îl văzuse pe individul care-l atacase? Ce-i trecuse prin minte când auzise împuşcătura şi simţise lovitura în întunericul rece?

Când primi vestea, Ari Thór se gândi imediat la băiat, la fiul lui Herjólfur, tânărul rămas fără tată la o vârstă mult prea fragedă. Herjólfur avea şi o fiică, însă Ari Thór n-o cunoştea. Mai tare îl compătimea pe fiu, în a cărui situaţie se aflase şi el – un băiat fără tată.

Oare la ce se gândea tânărul Herjólfur, cum se simţea? Ari Thór se întâlnise cu el o singură dată, dar şi-l reprezenta cu precizie în minte. Îi lăsase impresia că e dur, dar una era să afli că tatăl tău a fost împuşcat şi să reuşeşti să-ţi păstrezi calmul o perioadă scurtă de timp şi cu totul altceva să ţi se spună că s-a terminat totul.

Helena, gospodina destoinică, era acum văduvă. Începuse deja pregătirile pentru înmormântare. Vorbise cu ei parcă de undeva, de departe, iar Ari Thór bănuia – sau se temea – că veştile o s-o determine să se retragă şi mai mult în ea însăşi şi să se înconjoare cu un zid gros. Era, oare, ultima picătură, cea care ar fi aruncat-o înapoi în adâncurile depresiei?

Simți că i se pune un nod în gât. Își amintea de toate lucrurile prin care trecuse, cu o limpezime care-l zgudui cumplit. Era îndeajuns de sincer încât să recunoască față de el însuși că încă se compătimea și se întrebă dacă nu cumva acest sentiment copleșitor nu era, de fapt, o formă de egoism.

Fără voia lui, gândul îi fugi la postul de inspector. Când urma să devină disponibil și ce avea de făcut ca de data asta să-l obțină?

Se detestă pentru ideile care-i treceau prin cap.

Până acum e o zi ca oricare alta. Văd pe geam că afară e înnorat, stă să plouă. Încă n-am ieșit, dar am înțeles că acum am voie să ies, la fel ca toată lumea, însoțit de un asistent. Dar nu mă grăbesc.

Am auzit că în după-amiaza asta a apărut Dr. Helgi – doctorul a venit, în sfârșit, în clădire. Poate trăiați cu impresia naivă că doctorii trebuie să mai dea pe la spital, dar aici se pare că nu așa stau lucrurile, cel puțin nu la secția de psihiatrie. Îngrijitorii mei cei de toate zilele sunt niște oameni care nu prea se sinchisesc de mine.

O tentativă de suicid n-a fost de-ajuns?

Nu-s singurul ignorat. Uneori un schimb întreg de asistenți stă în cafenea jucând cărți și bineînțeles că niciunul dintre pacienți nu e invitat. Chestia asta subliniază clar diferența de statut dintre noi *și* ei.

În fine… A apărut Helgi!

Mai mulți pacienți s-au pus la coadă la consultație. Nu toți, bineînțeles, doar cei care aveau un motiv. La fel ca mine.

Dar nu m-a strigat nimeni.

Am așteptat. M-am foit. M-am abținut cât am putut.

Deodată, individul a plecat. Gata cu consultațiile pe azi. Am luat-o razna. Asistenta mi-a promis că-mi face programare și știe cât rău îmi fac medicamentele pe care le iau.

Din fericire, nu mi-am pierdut controlul mult timp. Doi membri ai personalului, puternici ca niște tauri, m-au pus jos înainte să fac vreo stricăciune sau să-i fac rău cuiva. E clar că asta mi-aș fi dorit, știu prea bine. Sentimentul ăsta m-a ținut treaz multe nopți. Am stat aici și m-am gândit și am și scris puțin. Lucrurile încep să devină limpezi.

23

Elín simți o răcoare neobișnuită în casă de la serviciu, de parcă ar fi fost curent. Oare uitase de dimineață să închidă una dintre ferestre? Sau tremura din pricina întâmplărilor din ultimele douăzeci și patru de ore? Fusese o zi lungă și grea. Elín nu știa să gestioneze circul mediatic. Era o experiență tulburătoare, mizerabilă să audă că străinii din tot orașul și din toată țara vorbesc despre ea și să simtă că nu are nicio putere asupra lucrurilor care se spun. Ba chiar fusese îndeajuns de imprudentă să se uite la comentariile de sub articolul pe care-l citise pe unul dintre site-uri. Bineînțeles că n-ar fi trebuit s-o facă, însă odată ce începuse să citească nu mai izbutise să-și ia privirea de la ecran, simțea nevoia să afle ce spun oamenii despre ea. Așa că se cufundase într-un noian de bârfe aiuritoare și scârboase aruncate de oameni pe care nu-i văzuse în viața ei dar care aveau opinii foarte clare despre ea și capacitatea ei de a ocupa postul pe care-l avea. Articolul în sine era inofensiv, spunea doar că fusese chestionată de poliție. Însă era incredibil cât de agresive puteau fi unele comentarii, probabil și din pricină că avea o funcție semi-politică. Dezbaterile online deveniseră tot mai urâte după criză, de parcă brusc se putea spune orice despre oricine, mai ales despre politicieni.

Singura ei consolare, dacă putea s-o numească așa, era că vestea despre moartea lui Herjólfur venise în aceeași zi. Într-o oarecare măsură, pusese în umbră speculațiile facile din media cu privire la posibila legătură dintre oficiali și atacul armat. Era nevoită să admită că, dacă tot era să moară, Herjólfur n-ar fi putut alege o zi mai bună. Soarta lui fusese, bineînțeles, incomparabil mai rea decât bârfele pe care trebuia să le suporte ea. Ar fi vrut să poată fi alături de familia lui, să-i compătimească, dar nu era ușor. Nu-l cunoscuse pe Herjólfur. Și, oricum, avea propriile ei probleme.

Și mai era și poza aia, nenorocita de poză din articol. Încercase să scape folosind un nume nou, dar cel real, Elín Einarsdóttir, nu mai era un secret în Siglufjördur. Era limpede că autorul primului articol din dimineața aceea își făcuse temele. Textul vorbea despre Elín Reyndal, viceprimarul din Siglufjördur, și includea o fotografie a ei, cu numele adevărat scris dedesubt. Era o poză veche, dar nu asta era important. Acum că fusese demascată, nu mai era decât o chestiune de timp ca Valberg să-i dea de urmă și să-și dea seama că femeia care-l părăsise, fugind de abuzurile la care o supunea, se ascunsese tocmai în nord, în Siglufjördur.

Întrebarea era cât de departe ar fi mers? S-ar fi deranjat să ia legătura cu ea? Era sigură că avea timpul de partea ei, că era posibil ca Valberg să-și fi găsit altă femeie. *Altă femeie pe care s-o maltrateze?* Poate, dar Elínei nu-i păsa de asta acum. Trebuia să se gândească la ea însăși. Trebuia să-și adune tot curajul și să înceteze jocul de-a v-ați ascunselea, să-l confrunte pe nemernic. *Ușor de zis, greu de făcut.* Nu era convinsă că-l cunoaște îndeajuns de bine încât să fie sigură care sunt limitele lui. *Dacă pleci, te omor!* Să fi fost doar o amenințare lipsită de conținut? Nu putea să-și dea seama, dar în sinea ei știa că Valberg e un om periculos. Doar ăsta fusese motivul pentru care-și schimbase numele și-și luase tălpășița.

Elín lăsă geanta și porni espressorul din bucătărie. Își scoase paltonul. Ar fi preferat să poarte o geacă de vânt căptușită care s-o protejeze de frigul iernii, dar simțea că nu s-ar fi potrivit unei persoane cu statutul ei, așa că alegea să tremure în palton. Afurisitul ăsta de vânt mușcător sufla aproape în fiecare azi. Munții mai protejau orașul cât de cât, dar când vântul bătea din nord, direct dinspre mare, nu te puteai feri de el. Peste zi fusese rece, dar ploaia necontenită luase, în sfârșit, o pauză mult-așteptată.

Pielea de pe brațe și de la ceafă i se înfioră. Nu-ncăpea discuție, în apartament era neobișnuit de frig. Probabil lăsase o fereastră deschisă, la etaj, în dormitor. Știa că ar fi trebuit să urce într-un suflet și să închidă, dar ezită. Singură în casa plină de ecouri, brusc i se făcu teamă. Era obișnuită cu apartamentele mai mici din Reykjavík și nu avusese niciodată o casă atât de mare numai pentru ea. Constata acum că o locuință spațioasă nu prezenta chiar atât de multe avantaje pe cât își închipuise.

Încercă să-și alunge tulburarea când auzi zgomotul liniștitor al espressorului. Nu mai putea amâna. Trebuia să urce să închidă fereastra. Pe lângă asta, până la urmă ar fi fost nevoită să urce ca să doarmă. Dar până atunci o să-și bea cafeaua, în speranța că o să apară Gunnar. N-avea cum să fi înțeles greșit motivul pentru care-l invitase. Dacă voia să renunțe la relația lui disfuncțională, acela era momentul. Putea face primii pași chiar în seara aceea. *O să vină.*

Elín privi nemișcată cum picăturile umplură ceșcuța de espresso, un impuls de energie la sfârșitul unei zile lungi. De fiecare dată când se întâlnise cu cineva la birou nu reușise să nu se-ntrebe: *Oare a citit articolul despre mine? Oare crede că am împușcat un polițist?* Gunnar o lăsase să plece acasă mai devreme, să-și ia o zi de concediu medical, dar asta ar fi însemnat să se dea bătută prea ușor. Așa nu se putea. *N-au decât să creadă ce vor... o să treacă și asta...* Cel puțin așa spera. Avea o slujbă care presupunea o oarecare legătură cu politica, trebuia să se obișnuiască și cu bunele, și cu relele, dar și cu atenția din partea publicului, fie ea pozitivă sau negativă.

Poate că era mai bine, avea ocazia să iasă din umbră și să-l uite pe ratatul de Valberg. Trebuia să-și găsească toate rezervele de curaj și să-l înfrunte dacă s-ar mai fi întâlnit vreodată.

Gustă cafeaua – o înghițitură desăvârșită de cofeină care-i dădu puteri noi și o încălzi pe dată. Intră în cel mai mare dintre cele două saloane și se uită pe fereastră la povârnișurile acoperite de zăpadă ale munților care păreau să coboare lin până-n curtea din spate. Gunnar nu locuia departe, stătea la umbra aceluiași munte.

– Iubirea mea.

Două cuvinte nevinovate care o zguduiră până-n adâncul ființei. Cuvinte care, în alte condiții, ar fi fost minunate, dar nu aici, nu acum. Elín îngheță. Nu putea să se miște, uitase să respire. Un fior îi străbătu corpul ca un șoc electric.

– Iubirea mea, repetă el.

Scăpă ceașca de cafea și o văzu cum se sfărâmă. Pe gresia albă apăru o pată de un maro intens. Simți că e pe cale să leșine. Trebuia să stea jos, dar asta ar fi însemnat să se întoarcă.

Mai bine îi întâlnea imediat privirea. Dintre două, mai periculos era să-l aibă în spatele ei. Se răsuci pe călcâie.

El stătea la baza scării, îmbrăcat aproape exact ca atunci când se întâlniseră prima oară în clubul de noapte din Kópavogur. Nu-și schimba niciodată ținuta: blugi și geacă de piele, ambele cu o mărime mai mică decât i-ar fi trebuit în mod normal. Singura variațiune o reprezenta tricoul.

Se îndreptă spre ea cu pași hotărâți. Să țipe? Să-l atace? Să fugă? Să încerce să iasă? Decise că nu putea face nimic. Trebuia să aibă încredere în propriile instincte. Cumva simțea că e mai bine să nu-l supere, să nu-l enerveze.

– Ce cauți aici, Valberg? întrebă ea, sperând să pară încrezătoare, stăpână pe situație, însă glasul o trădă; rosti cuvintele fără siguranță, cu o voce care tremura de spaimă.

– Ce cauți *tu* aici? întrebă el ridicând tonul.

Acum se apropiase, putea s-o atingă dacă întindea mâna – sau dacă ea încerca să strige după ajutor sau să fugă.

Știa că el n-are de gând s-o lase să iasă din casă, că n-o să plece fără scandal. *Oare putea să-l facă din vorbe?*

– Am... am primit o slujbă, zise ea. Cum m-ai găsit?

Își recăpăta forța din glas, însă tot tremura de frică. Era atât de speriată că abia putea să se concentreze.

– Cum te-am găsit? repetă Valberg și pufni în râs. De ce? Te ascundeai?

– Nu. Nici vorbă.

– Ți-am văzut poza pe net, așa că iată-mă-s. M-am suit în mașină și-am venit direct aici. Elín Reyndal! râse el. Ce-i rahatul ăsta? Chiar credeai că n-o să te găsesc? Chiar credeai c-o să te ascunzi în haznaua asta nenorocită?

Se opri, începând să gâfâie, o mărturie a numeroaselor țigări fumate.

– Știi ce, Elín...?

Coborî tonul.

– Știi ce? Cred că ne-am fi putut despărți prieteni dacă ai fi vorbit cu mine. Știu că am mâna grea uneori, dar mi-am cerut iertare de fiecare dată. Nu poți să-mi faci asta, să dispari așa. Una, două – gata! Ă? Nu se face așa ceva!

Se apropie mai mult de ea, îi puse ușor o mână pe umăr, apoi o plesni peste față.

Durerea arzătoare o năuci, iar Elín încercă instinctiv să-l împingă. El îi prinse ambele mâini și i le strânse, privind-o sfredelitor în ochi.

E doar începutul. O să se sfârșească prost.

– Cum te-am găsit? rânji din nou Valberg. Mi-a fost foarte dor de tine, Elín, scumpo! Te-am căutat peste tot, am întrebat pe toată lumea de tine. În registrul național scrie că locuiești acasă la maică-ta. Am urmărit casa și nu te-am văzut niciodată. Dar ce noroc c-ai nimerit într-un caz de crimă! Ia zi, tu l-ai împușcat pe gabor, nu-i așa?

Valberg era roșu la față și tremura din pricina furiei pe care încă o ținea sub control. Însă vâlvătaia din el fusese ațâțată, iar Elín știa că orice sentimente ar fi avut când ea îl părăsise se transformaseră acum într-o furie arzătoare, care-l cuprinsese pe de-a-ntregul.

Nu zise nimic. El îi ținea ambele încheieturi cu mâna-i uriașă.

– Oricum, nu contează, iubito. Te-am găsit repede. Am întrebat în stânga și-n dreapta. Toată lumea e foarte săritoare la țară. Cu toții au încredere unii-n alții! Mișto casă. Cre' că-i barosăneală să stai aici, ă? E mai mult spațiu ca în blocul din Kópavogur! Și văd că ai grijă și de siguranța ta. N-am intrat ușor. Ferestrele încuiate, ușile încuiate... A trebuit să urc pe balcon și să intru de-acolo. N-am spart decât un geam. Nu voiam să mă dau de gol din prima, iubito, altfel poate că n-ai mai fi intrat... Și avem destule de discutat ca să fim siguri că așa ceva nu se va mai întâmpla niciodată.

– Vrei... Vrei să stăm jos? propuse ea.

O plesni din nou, mai tare. Durerea o făcu să-i dea lacrimile.

– N-ai decât să plângi, nu-mi pasă, zise Valberg. E vina ta. Nici nu-ți dai seama ce furios am fost, iubito. Furios și înspăimântat. Nu se face așa ceva, repetă el.

Ea nu îndrăzni să spună nimic, dar simți cum îi curg lacrimi pe obraji.

– Nici măcar nu te-ai vopsit sau tuns altfel, observă el trecându-i o mână prin păr. Ce plan mai e și ăsta? Alt nume, alt oraș, dar aceeași Elín. Tre' să faci lucrurile până la capăt, eu așa zic mereu. N-ai fost suficient de atentă.

Se gândi la Gunnar.

Să fie el singurul care o mai putea salva? Începu să se roage în sinea ei ca Gunnar să vină cât mai repede. Nu fixaseră o oră anume, totul fusese un acord aproape tacit.

Spera, spera din tot sufletul să fie în drum spre ea. Elín era gata să strige imediat ce auzea soneria, să fugă și să încerce să deschidă ușa care rămăsese încuiată. Valberg nu putea să se lupte cu amândoi, probabil ar fi fugit și...

Gândul la Gunnar îi dădu o urmă de speranță, dar știa că e în zadar. Știa că Valberg n-o să se dea bătut niciodată. Avea să-ncerce din nou și din nou, până obținea ce voia. Iar acum, ea asista la sfârșit. La propriul sfârșit.

La ședința de dimineață m-au obligat să mă înscriu la ergoterapie, așa că am ales tâmplăria. Cealaltă variantă ar fi fost croitoria, la care nu mă descurc așa de bine. Cu lemnul mai fac câte ceva, dar nu-mi place. În fiecare zi sunt două ore, care trec îngrozitor de încet. Putem să ținem radioul deschis, dar muzica clasică – în alte condiții perfect în regulă – nu face decât să înrăutățească lucrurile. Aici doar întunecă și mai tare o comunitate și-așa nefericită. Nici revista presei nu e mai brează. Din când în când se dă muzică mai ușurică, ceva ritmat care ne mai înveselește puțin.

Au uitat ce s-a întâmplat ieri, cel puțin așa pare. Mă îndoiesc că sunt primul pacient de la secția de psihiatrie care și-a pierdut vreodată cumpătul și bănuiesc că n-o să fiu nici ultimul. Chiar și așa, mi-e rușine. Voiam să dovedesc cumva că nu sunt bolnav. Însă individul „sănătos" care a „ales" să petreacă puțin timp printre bolnavi nu mai iese în evidență.

De dimineață am reușit să vorbesc cu asistenta. Îi era teamă de mine. Am întrebat-o direct de ce dracului n-a vrut Dr. Helgi să mă primească.

E ocupat, mi-a zis.

Sau poate am uitat să-l întreb, mi-a zis.

A uitat! N-o cred. De fapt, mi-am dat seama că minte. Ori el chiar nu voia să mă primească, ori ea a făcut înadins și nu l-a rugat să mă programeze.

M-am îndepărtat.

Încă iau medicamentele astea. N-am cum să nu le iau, dar nu mă simt bine. Nu mă simt bine deloc.

24

Poate că vestea despre moartea lui Herjólfur l-a făcut pe Gunnar să se răzgândească – cert este că nu l-a lăsat inima să meargă la Elín cu scopul clar de a-și înșela soția.

Era dureros de conștient că are sufletul încărcat – doar avusese de gând să se culce cu Elín.

Inventă față de el însuși tot felul de pretexte pentru care s-o viziteze, unele mai rezonabile ca altele, și o vreme fusese ferm hotărât să nu dea înapoi. Își spunea că merită. Așteptase destul. Soția lui nu era interesată de relație, ea îl aruncase în brațele Elínei.

Fusese surescitat toată ziua și nu izbutise să se concentreze la ce avea de făcut. Într-o primă fază, vestea despre Herjólfur nu-l afectase, cu toate că făcuse tot posibilul să dea „răspunsurile corecte", indiferent ce însemnau ele. Nu e ca și acum ar fi avut un manual cu ajutorul căruia să traverseze situații de coșmar ca aceea. Cu siguranță că oamenii din oraș erau năuciți din pricina șocului, iar atmosfera de la primărie era grea ca plumbul. Toți țineau privirea în pământ și vorbeau aproape în șoaptă, în ciuda neliniștii generale, în semn de respect pentru cel care se stinsese. Iar articolul despre Elín nu fusese de niciun ajutor. Gunnar încercase să dezamorseze situația scriind un e-mail general colegilor în care povestea cum Elín îi ajuta pe polițiști în anchetă și că nu se număra sub nicio formă printre suspecți, dar nu era sigur că obținuse efectul scontat.

Când ajunse acasă, destul de devreme, făcu un duș și se schimbă. Abia atunci începu să-l mustre conștiința încărcată. Toate pretextele care-l ținuseră la suprafață peste zi, toate încercările de a-și justifica planurile deveniră banale și lipsite de forță când auzi glasul soției sale la telefon. Da, o sunase din senin când era gata să plece spre patul altei femei. Se așezase în sufragerie și formase numărul de Norvegia.

Soția lui răspunsese neobișnuit de repede și chiar își acordase răgazul să vorbească despre tot felul de mărunțișuri. Parcă simțise cumva cât de important era momentul și că în joc era căsnicia lor. Viitorul precar al relației depindea de o conversație fără un subiect anume.

Vorbiră o jumătate de oră, o jumătate de oră scumpă din pricina tarifelor internaționale, însă merită fiecare bănuț. Gunnar se ridică, dădu fuga în cameră și puse înapoi în dulap hainele menite s-o impresionze pe Elín și, cu un oftat, se întinse pe canapea ca să se gândească. Evitase la mustață o alegere pe care n-ar fi putut s-o îndrepte vreodată.

Ar fi trebuit s-o sune pe Elín să-și ceară scuze, chiar explicându-i cinstit totul. Dar asta putea să aștepte, *trebuia să aștepte*, hotărî el. Nici măcar nu se putea gândi la ea, darmite să stea de vorbă.

Rămase întins pe canapea și privi pe fereastră întunericul care devenea tot mai dens, simțind, însă, cum în interiorul lui se aprinde o lumină nouă.

25

– Putem să stăm jos? îndrăzni Elín să întrebe. Trebuie să-mi dai drumul. Mă doare.

– Asta-i și ideea! rânji Valberg cu mânie în glas și în privire.

Știa din proprie experiență că e pe cale să-și piardă cumpătul. Trebuia să-l liniștească, să mai câștige timp până când venea Gunnar. Valberg era în stare să fie extrem de violent.

– Hai să stăm jos, zise ea cât putea de ferm. Hai să stăm de vorbă. Dă-mi drumul, și-așa nu mă duc nicăieri.

El slăbi strânsoarea.

– Bună idee. Dacă încerci ceva, te omor. Jur că te omor.

– Nu încerc nimic, spuse ea și își adună toată energia ca să adauge: iubirea mea.

– Lasă vrăjeala! strigă el. Dacă mă iubeai, nu plecai de lângă mine!

Preț de o clipă Elínei i se păru că e vulnerabil, dar îi evită oricum privirea.

Îi eliberă încheieturile, dar rămase la o lungime de braț de ea.

Elín se apropie încet de masa din bucătărie.

– Vrei să stăm aici?

El dădu din cap.

– Să nu încerci vreo prostie, se răsti el și o împinse spre un scaun.

Luată prin surprindere, își pierdu echilibrul și în cădere se lovi cu umărul de colțul mesei. Simți o durere ascuțită când se ridică, dar încercă să n-o arate.

Individul din fața ei era periculos, iar acum parcă îi plăcea mai mult ca niciodată s-o facă să sufere fizic. Se așeză cu greu la masă, dar nu-și mai simțea umărul.

– N-am venit să te aduc înapoi. Știu că s-a terminat între noi. Dar nu-i dau nimănui voie să se poarte așa cu mine, așa că o să mi-o plătești. Te-ai mutat în partea cealaltă de țară ca să începi o viață nouă, ai fugit! Ar trebui să-ți fie rușine.

– Vrei ceva de băut? întrebă ea precaut. Cred că am niște bere pe undeva.

Din păcate, se vedea că nu pusese gura pe alcool. L-ar fi amețit, știa și el asta.

– Nu. Fără bere.

– Nu putem să reparăm asta, Valberg? Să luăm totul de la capăt?

Cuvintele îi lăsară un gust neplăcut în gură. Individul era respingător. Ce greșeală că se lăsase păcălită și se mutase cu el! Sau că nu plecase în clipa în care ridicase prima oară mâna la ea...

El tăcea.

– Cum e la muncă? întrebă Elín pe un ton care încerca să fie normal.

– De parcă-ți pasă! Mă rog, dacă tot întrebi, javrele m-au dat afară. Idioții dracului!

Elín tresări, dându-și seama că pierderea slujbei îl făcea și mai instabil.

Ceasul de perete îi atrase privirea. Îl aștepta pe Gunnar după serviciu, dar aceasta era o noțiune destul de flexibilă. Ea se întorsese mai repede decât în mod normal, iar el plecase de la birou înaintea ei. Probabil trebuia să apară curând. Iar telefonul ei era în hol, unde obișnuia să-l lase când intra în casă. N-avea nicio șansă să ajungă până acolo și să-l sune, Valberg ar fi prins-o. Era în formă, dar dintr-o încăierare cu Valberg doar el ar fi putut ieși învingător.

– Vorbești serios? întrebă el tăios.

– Ce? făcu ea, smulsă din gânduri.

– *Vorbești serios*? repetă el. Ce-ai zis adineauri, să luăm totul de la capăt.

Oare era pe cale să înghită momeala? Să fi fost aceea portița ei de scăpare, cel puțin pe moment – nu tocmai nevătămată, dar încă în viață? Obrazul îi pulsa unde o lovise, iar durerea din umăr se înrăutățea de la o clipă la alta.

– Da, bineînțeles, zise ea cât putea de convingător. Bineînțeles.

– Dovedește-mi!

Se ridică brusc în picioare și o apucă de umărul lovit. Nu mai simțise vreodată o asemenea durere. Corpul nu o mai ascultă și îi dădură lacrimile.

– Hai, mișcă!

O împinse înaintea lui, spre scări.

– Sus!

– De ce? reuși ea să îngaime printre sughițuri. De ce sus?

– Dormitorul, tâmpito! Dacă tot zici că există a doua șansă, cred că-ți dai seama cum e cel mai bine s-o folosim.

I se păru că aude nota de sarcasm din glasul lui, dar nu era sigură. Paharul se umpluse. N-avea de gând să se urce în pat cu bărbatul ăsta și practic să se lase violată.

– Stai, spuse.

– Să stau? Nu! Mișcă! Urcă!

Ajunseseră la jumătatea scării.

– Nu acum, iubire. Nu acum.

N-o băgă în seamă și o îmbrânci mai departe.

– Nu acum, repetă ea, iar el se opri brusc.

– Nu acum?! Știam că umbli cu vrăjeala! Știam, fir-ar a dracului de treabă! Scârbă mincinoasă, ai tupeu să mă minți în față!

O smuci de umăr și o dezechilibră. În același timp, mâna ei se desprinse de pe balustradă. Valberg făcu un pas înapoi și o privi cum cade pe trepte. Elín simțea cum inima îi bubuie și nu-i venea să creadă că ceea ce trăiește se întâmplă cu adevărat, încerca să-și limpezească gândurile în cele câteva clipe dintre viață și moarte. Ajunseseră aproape de capătul de sus al scării, era drum lung până jos. Țipă îngrozită, sperând să nu moară în cădere.

În baie sunt cercuri. Tapetul e straniu, parcă te hipnotizează – cercuri peste cercuri peste cercuri... Dar te obișnuiești, la fel ca și cu toate celelalte. La fel ca și cu porcăria insipidă despre care ei îți spun că ar fi mâncare. La fel ca și cu nepăsarea.

Corpul meu s-a revoltat împotriva medicamentelor ăstora, dar eu nu renunț. Am cerut de mai multe ori să fiu consultat de un doctor, dar n-am primit niciun răspuns. Trebuie să am grijă să nu-mi pierd cumpătul, să rămân calm și politicos. Asistenta îmi tot promite că vorbește cu el, dar nu se întâmplă niciodată nimic.

Încerc să nu mă integrez printre ceilalți din secție. Poate sună arogant. Unii ar spune că am comportament antisocial, dar eu nu așa văd lucrurile. N-am de gând să fac în vreun fel parte din grup. Trebuie să stau aici până-mi revin, până mă regăsesc, pentru ca Tata să mă ierte. E greu de crezut, dar e adevărat că aici poți să inventezi o lume întreagă numai a ta dacă nu vorbești cu nimeni decât când e absolut necesar. Nu mulți dintre noi avem chef doar să vorbim. Fiecare are problemele lui. Câțiva, doi sau trei indivizi care simt nevoia puternică să se exprime, s-au descoperit de mult unii pe ceilalți și stau toată ziua în colțul lor din camera comună. Îi evit. Iar ei mă evită pe mine.

26

Ari Thór merse acasă la cină, acordându-și câteva ore de odihnă înainte să se întoarcă la secție la ora nouă. Tómas urma să conducă o ședință cu toți agenții din zona coastei nordice care erau implicați în caz. Membrii-cheie ai echipei din Reykjavík aveau să-i asculte prin telefon. Trebuia prins un om care ucisese un polițist și, dată fiind atenția susținută asupra anchetei, publicul nu ar fi acceptat vreun alt rezultat. Astfel de lucruri nu trebuia să se întâmple în Islanda, cel mai pașnic loc din lume. Cei mai furioși erau chiar polițiștii, atât cei din posturile superioare cât și agenții obișnuiți. Până și Tómas era afectat. Furia justificată a poliției provenea dintr-un instinct natural de autoconservare. Nimeni n-o spunea, dar tuturor le treceau prin minte gânduri ca „Puteam fi eu" și „Poate că eu urmez". Nu le rostea nimeni cu voce tare, însă Ari Thór n-avea nicio îndoială că, la nivel conștient sau nu, asta se ascundea sub furia afișată.

Tómas îl lăsase să meargă acasă cu condiția să preia pe mobil toate apelurile primite la secție, oferindu-i astfel răgazul să pregătească ședința. Doar câteva apeluri fuseseră urgente, majoritatea veneau din partea jurnaliștilor insistenți. Nimeni nu voia să rateze un pont. Printre ei mai sunau și oameni care susțineau că au informații despre caz, unii credeau chiar că dezlegaseră misterul, dar de fiecare dată soluția era hazardată. Până la urmă sună și cineva care suținea că are un mesaj de la Herjólfur de pe lumea cealaltă. Ari Thór nota conștiincios amănuntele discutate cu fiecare în parte, chiar dacă nu primea nicio informație de încredere, nimic care să merite să fie cercetat mai amănunțit.

Era foarte evident că locuitorii din Siglufjördur luaseră omorul foarte personal. Ari Thór îi înțelegea prea bine. Nu doar că se dovedea că impresia lor că trăiesc în cel mai sigur loc din lume e doar o iluzie, dar Siglufjördur devenise și focarul unei amenințări noi, nevăzute. Dacă înainte era doar un orășel liniștit, acum se transformase într-un centru periculos al crimei. Își pierduse inocența.

Ari Thór și Kristín nu scoaseră aproape niciun cuvânt la masă. Stefnir dormea deja când ajunse Ari Thór, iar Kristín părea epuizată după o zi petrecută cu cel mic.

Se uitară împreună la știri. Subiectul principal era, evident, cazul, care trecuse la nivelul de „anchetă a unei crime" după moartea lui Herjólfur. Pe ecran, sub o fotografie făcută cu prea mult timp în urmă, apăreau informații amănunțite despre cariera inspectorului.

– Stefnir a fost vioi azi, spuse Kristín deodată. Ție cum ți-a fost ziua?

Tonul ei lipsit de interes goli întrebarea de sens.

– Merge greu. Tómas e mai exigent decât în trecut, ceea ce nu-i rău, dar e obositor.

– Ar trebui să te culci mai devreme, zise Kristín cu un glas lipsit de inflexiuni.

– Sper să reușesc, spuse Ari Thór și oftă. Trebuie să mă întorc la o ședință.

– Te întorci? Nu ai pauză între ture? îl întrebă ea, vizibil iritată.

– Da, dar…

Soneria mobilului îi oferi ocazia să-și lase fraza neterminată.

Era un jurnalist care se prezentă atât de repede că Ari Thór nu înțelese cum îl cheamă.

– Dăm ziarul în tipar, zise el. Vreo veste? Ceva nou pentru noi?

Ari Thór gemu, trase adânc aer în piept și hotărî să-l lase pe celălalt să aștepte o clipă.

– Nu. Nicio noutate, zise în cele din urmă.

– Sunămădacăiceva, bine?

Jurnalistul vorbi atât de repede că abia reuși să descifreze cuvintele.

– Vă anunțăm când apare ceva nou, spuse Ari Thór, lăsă jos telefonul și se întoarse spre Kristín. Îmi pare rău, scumpo.

– Eu mă duc la culcare, spuse ea obosită.

– Deja? Serios? Stai puțin, nu...

Telefonul sună din nou.

– Da? răspunse Ari Thór cam agresiv.

Până să primească răspuns, încercă să șoptească spre Kristín:

– Mai stai puțin...

– Am sunat la... poliție? În Siglufjördur?

Era o voce de femeie, vorbea încet și precaut.

– Da, spuse Ari Thór surescitat, încercând să se uite în ochii Kristínei.

– Ăăă... Numele meu e... Ása.

– Cum? Ása? făcu el.

Mâzgâli numele pe ceva. Și apelul ăsta trebuia trecut la catastif.

– Nu eram sigură... sau...

Vorbea încet, abia o auzea.

– Da? insistă Ari Thór exasperat; vedea pe chipul Kristínei că ajunsese la limita răbdării.

– Știi... Voiam să vorbim despre un pacient de la psihiatrie, dar nu eram sigură dacă să sun, nu-s prea sigură...

Ari Thór își dădu ochii peste cap.

– De la psihiatrie, zici? Acolo ești acum?

– Ce? Nu, nu – de fapt, ba da, sunt asistentă.

– Și m-ai sunat în legătură cu un pacient?

– Da..., răspunse ea și tăcu apoi câteva secunde. Uite ce e. O să sun mai târziu, poate. N-ar trebui să vorbesc despre pacienți... a fost o greșeală.

– OK, zise Ari Thór, pe jumătate ușurat că apelul se încheia. Mulțumesc.

Închise.

Kristín era în picioare.

– Stai puțin, scumpo. Nu vrei să, știi tu, să profităm de ocazie? Stefnir a adormit, eu sunt aici...

– Nu acum, Ari Thór. N-am chef. Sunt prea obosită.

Kristín se îndreptă spre ușă fără să se uite înapoi, dar când ajunse în hol Ari Thór îi văzu chipul din profil. Nu schiță nicio mișcare și așteptă ca ea să dispară la etaj, convins că-i zărise lacrimi în ochi. De ce plângea? Ce naiba se întâmpla, ce era atât de grav de o făcea să plângă?

De azi-dimineață nu m-am dat jos din pat. N-am putut să merg la micul-dejun, atât de rău mi-a fost. Mi-e greață și nu vreau să stau în preajma altora. Am cerut din nou să-mi schimbe medicamentația, dar nu se-ntâmplă nimic. Vreau să vorbesc cu doctorul meu sau cu oricare alt doctor, să fac o cerere. Ușor de zis, greu de făcut. Am înțeles că a trecut ieri pe la spital dar asistenta mi-a zis că n-a apucat să-i spună de mine. O clipă am avut impresia că nu-mi spune adevărul, că nu l-a rugat să-mi facă programare.

Ce are cu mine?

Ása. Nu înțeleg de ce n-am întrebat-o până acum. O cheamă Ása.

Pe fereastra camerei comune văd un soi de grădină singuratică. Nu trece nimeni pe-acolo, iarba e sârmoasă și neîngrijită, chiar dacă e miezul verii. Cerul e cenușiu, de parcă toamna s-ar pregăti să vină mai devreme decât de obicei. Încerc să mă uit pe ferestrele clădirii din capătul îndepărtat al grădinii. Sunt prea multe să le număr. În spatele fiecăreia se ascunde povestea nefericită a câte unui pacient care probabil stă și se uită pe geam la grădina neglijată așa cum fac și eu.

Aici nu te poți aștepta la aer curat. Pot să crap foarte puțin geamul, însă în zadar. Simt cum aerul de-aici devine tot mai dens, mă trage în jos și îmi împovărează pleoapele. Uneori am senzația că secretele mele, filonul acela subțire și malefic din mine, sunt hrănite și cresc în locul ăsta cald, din care nu pot scăpa. Parcă ar fi o floare într-o seră.

Cred că o să mă întind din nou.

27

Când își reveni, Elín simți că are încheietura ruptă – își aminti zgomotul, un pocnet cumplit – și apoi durerea o copleși în valuri, o durere sfâșietoare, ascuțită. O cuprinse greața și se strădui din greu să nu verse. *Liniștește-te. Respiră.* Trebuia să rămână conștientă.

Dar încă era în viață. Îl auzi pe Valberg cum își continuă tirada plină de înjurături, se uită în sus și-l văzu în capul scării. Furia îi schimonosea chipul într-un rânjet dement.

Avea noroc că-și rupsese încheietura dreaptă, era pe aceeași parte cu umărul lovit, astfel că încă putea folosi brațul și mâna stângă.

Se chinui să se ridice. O durea fiecare părticică din corp și spera să nu-și fi rupt decât încheietura. Se sprijini în mâna sănătoasă, încercă din nou, iar de data asta reuși. În pragul de a-și pierde cunoștința, se ținu de balustradă ca să nu cadă iar, să nu leșine. Se luptă să-și păstreze echilibrul, cu ochii la Valberg, care era încă la etaj. Își dădu seama că ar fi trebuit să fugă din casă în clipa în care-l văzuse, să alerge în stradă, să strige și să urle, să spargă geamuri numai să atragă atenția vecinilor. Probabil că acum era prea târziu. Simțea că nu poate să se miște, darmite să alerge sau să facă destul zgomot cât să dea alarma. *Sunt prinsă.*

– Ești o proastă, pufni el disprețuitor. Eu încerc să te ajut să urci și tu ce faci? Te dai de-a berbeleacu'. Minciuni, minciuni, numai minciuni. Nu voiai să te ții de cuvânt, nu-i așa? Acum îmi dau seama că m-ai mințit tot timpul, de când ne-am cunoscut.

Reuși cu greu să îngaime un cuvânt. Și-așa de-abia izbutea să respire și să stea în picioare.

Valberg nu se mișcase.

– Ieși afară, dobitocule! Ieși afară! Nu vreau să te mai văd niciodată.

Avea glasul gâtuit, vocea abia i se auzea. Știa că riscă enorm, dar nu-i mai păsa de consecințe.

– Să ies? Acum?

Coborî o treaptă.

– Ai înnebunit? Abia am început!

Elín își dădu seama că următoarele câteva clipe aveau să fie hotărâtoare pentru viața ei. Dacă rămânea pe loc, șansele să scape erau minime. Cu mare băgare de seamă își mută greutatea de pe un picior pe altul. *Da.* În ciuda loviturilor, reușea să meargă, poate chiar să alerge.

El coborî încet treptele, oprindu-se la jumătatea scării și privind-o la fel cum se uită o pisică la un șoarece. Oare cât de departe putea să ajungă? Își cântări opțiunile. N-avea cum să iasă din casă. Sufrageria? Da. Bucătăria? Probabil. Bineînțeles, bucătăria. Își aminti de cuțitul japonez lung de lângă tocător – făcea parte dintr-un set scump pe care-l cumpărase de moft cu mult timp în urmă, când o tenta ideea să-și pregătească singură sushi. Nu mai învățase să facă sushi, dar își tăiase un măr în dimineața aceea. Numai din lene nu-l așezase înapoi la loc. Acum trebuia să facă ceva. Nu avea prea multe variante la dispoziție.

Începu să alerge. Durerea și frica – o groază în stare pură – îi ofereau un impuls de energie. În spatele ei, îl auzi cum coboară ultimele trepte.

Ajunse la bucătărie înainte s-o prindă din urmă și nu pierdu nicio clipă să se uite peste umăr. Zări cuțitul, îl înșfăcă și se întoarse. Valberg era la doar câteva fracțiuni de secundă în spatele ei. Încremeni când văzu cuțitul.

– Te-ai tâmpit de tot? Lasă dracului cuțitu' ăla! Doar nu vrem să ne accidentăm, adăugă el cu o falsă expresie de îngrijorare.

Ultimele lui cuvinte îi aduseră un zâmbet neverosimil pe buze, din cauza căruia simți săgeți de durere prin tot capul. O dureau toate.

Doar nu vrem să ne accidentăm.

– Marș dracului afară, dobitocule!

Valberg păli când îl amenință cu cuțitul. Indiferent dacă era sau nu oțel japonez, cum îi făcuse reclamă vânzătorul, era ascuțit ca un brici și trecuse prin măr ca prin unt. Spera cu disperare ca Valberg să nu-și dea seama că ținea cuțitul în mâna stângă și spera să nu-și amintească nici de faptul că ea era, de fapt, cât se poate de dreptace. Nu era sigură dacă putea într-adevăr să-l mânuiască la nevoie, dar i-l flutură oricum prin față, ținându-l atât de strâns că degetele i se albiseră pe mâner. Trebuia să-i distragă atenția.

– Da, da, bine, mă car..., zise el și făcu un pas înapoi. Dar o să mă-ntorc, scumpete. Poate mă și mut pe-aici. Știi cumva dacă închiriază cineva ceva pe stradă?

– Du-te dracului! Nu vreau să te mai văd niciodată! Niciodată, înțelegi?

Pe fața lui Valberg apăru un zâmbet larg, seducător și sincer. Genul de zâmbet care o cucerise în trecut, dar care n-avea s-o mai tulbure vreodată.

– Poate c-o să-ți accept oferta până la urmă, zise el încet.

– Ce?

– Sexul. Chiar acum. În dormitor. Dacă tot am venit... Ce zici? Sau chiar aici și-acum, pe podea? Da' mai întâi lasă jos cuțitul...

Făcu un pas înainte.

– Hai, dă-mi odată cuțitu'! Acum!

Ea simți un junghi de groază și făcu la rândul ei un pas spre Valberg, ținând cuțitul îndreptat spre pieptul lui. Pe chipul lui se citi surprinderea, apoi uluiala. Se retrase și se împiedică de covorașul care alunecă de sub el, proiectându-l în spate. Ea auzi cum se izbește cu capul de masa din bucătărie, apoi se lăsă liniștea.

Elín, încremenită din pricina șocului, ținea cuțitul în aer și se uita năucă la bărbatul care fusese cât pe ce să-i curme viața. Zăcea în fața ei, lipsit de apărare, nemişcat. Încercă să-şi dea seama dacă e mort în timp ce o năpădea o senzație ciudată de linişte. Se apropie de el cu lama în mână, întrebându-se de ce nu fuge sau nu sună la poliție.

Era mort? Pieptul îi urca și cobora. *Era viu.* Inima începu să-i bată atât de repede că o cuprinse amețeala, totul în jur se întunecă și se pomeni că repetă cuvintele întâi în sinea ei, apoi cu voce tare. *O să mă-ntorc.* Cuvintele îi răsunară în minte tot mai puternic, apoi în bucătăria răcoroasă, însă mesajul implacabil era același. *O să mă-ntorc.*

Unde o să se mai ascundă acum?

O să se-ntoarcă! Își pierduse uzul rațiunii și, cu un strigăt de durere, aruncă departe cuțitul și își acoperi urechile cu mâinile. Preț de o clipă i se rupse filmul. Își reveni în simțiri pe podeaua rece a bucătăriei, privind cum câteva firicele de sânge curg pe gresia albă. Distrată, îi trecu prin minte că sângele se coagula mai greu decât își închipuise.

Iar apoi simți că tremură, că tot trupul îi e zguduit de frisoane incontrolabile. I se făcu greață și vomită. Se întâmplase ceva cumplit, ceva ce nu mai putea fi desfăcut. Tot corpul îi pulsa de durere, toate gândurile i se transformaseră într-un vârtej de confuzie. Toate cu excepția unuia, limpede ca lumina zilei. Știa, fără urmă de îndoială, că era liberă. În sfârșit, era liberă.

N-am putut să dorm deloc toată noaptea. Medicamente nenorocite. Nici micul-dejun nu mi-a căzut bine și l-am pus înapoi în farfurie. S-au scârbit toți cei de față. Reacția lor a înrăutățit lucrurile și m-a cuprins iar furia. Din fericire n-a fost rănit nimeni, dar la limită. Nu știu ce m-a apucat. Vreau să dau vina pe condiții sau pe medicamente, dar...

Doi dintre ei au sărit pe mine până m-am calmat. Acum sunt ținut sub supraveghere. Poate că am fost mereu ținut sub supraveghere. Poate că așa ar trebui să fiu ținut mereu.

28

Elín aşteptă înainte să sune la poliţie, acordându-şi câteva clipe esenţiale în care să se adune. Trebuia să-şi gândească următorii paşi cu mare băgare de seamă.

Nemernicul zăcea lângă ea, ţeapăn ca o scândură. O cuprinse doar un sentiment de plăcere, ca o licărire caldă care-i amorţea simţurile. Şocul avea să vină mai târziu, fără îndoială. Nu e ceva de fiecare zi să ucizi un om. Însă uşurarea era atât de înălţătoare că se simţea aproape în extaz. Scutură din cap, vrând parcă să se trezească la realitate.

Trebuia să se împace cu faptul că-l omorâse pe Valberg. Dar oare fusese o crimă cu sânge rece? Ar fi fost mult mai uşor dacă l-ar fi terminat căzătura. Rupse absentă o aţă ieşită din covoraşul pe care aproape că-l aruncase în urmă cu câteva zile din pricina faptului că aluneca pe gresia lustruită.

Îşi dădea seama că trebuia să se concentreze.

Indiferent ce făcuse, nu simţea vreo vină. Acum putea să trăiască. Să trăiască în pace. El n-ar fi renunţat până n-ar fi obţinut ce dorea. Sigur, poate ar fi mers la închisoare pentru că-i intrase prin efracţie în casă şi o bruscase, dar pedeapsa n-ar fi fost grea. Iar ea s-ar fi văzut nevoită să-şi petreacă tot restul vieţii fugind de el. *Aşa nu se putea trăi.*

Gestul era justificat. La fel de bine putea să moară din pricina loviturii la cap. În al doilea rând, acţionase în legitimă apărare, poate că nu în sens strict, dar în orice caz dintr-un instinct de autoconservare – o pornire la fel de validă.

Nu fusese ea însăşi când îl înjunghiase, asta era clar. Elín nu-şi amintea gestul în sine şi se agăţă cu disperare de gândul acesta, care putea fi calea ei de scăpare, justificarea ei cu sine ca să doarmă liniştită şi să ducă o viaţă normală, ca o persoană obişnuită, nu ca un criminal.

În timp ce toate aceste idei i se amestecau în minte, luă mobilul. Formă numărul, dar nu sună imediat. Ce-o să le spună poliţiştilor?

Adevărul? Că-l omorâse cu sânge rece dar nu-şi amintea gestul? Ar fi crezut-o? Poate că da, dar numai după un proces de durată, care avea să atragă atenţia tuturor. Nu putea să intre la închisoare. Sub nicio formă.

Ar fi fost, bineînţeles, o nedreptate. Valberg intrase prin efracţie, o ameninţase, o bătuse, o împinsese pe scări şi apoi încercase s-o violeze şi, probabil, s-o omoare. Roata se învârtise în avantajul ei, nu al lui. Era de-a dreptul incredibil că reuşise să scape cu viaţă şi că monstrul n-avea s-o târască în Iad împreună cu el.

Era cât se poate de limpede ce se întâmplase înainte de deznodământ – pe trupul ei se vedeau toate semnele.

Sună la polţie.

Nu pot să am încredere în nimeni de-aici. De dimineață m-au întrebat dacă vreau să ies în grădină cu ceilalți, dar n-am avut chef. Cât a trecut de când am fost afară ultima oară?

N-a venit nimeni să mă viziteze, asta e pedeapsa mea. Tata nu lasă nepedepsit un astfel de comportament. La mine în familie nu încearcă nimeni să se sinucidă. Nu dă bine.

Zilele trec greu aici, poate pentru că pur și simplu refuz să particip la vreo activitate socială. N-am nimic în comun cu oamenii ăștia, nimic!

Pacienții stau și joacă cărți, beau cafea și fumează. Da, exact, fumează. În camera comună și în salonul TV e un fum de-l tai cu cuțitul. Eu fumez rar și niciunul dintre părinții mei nu fumează (nici sinuciderea, nici fumatul nu sunt privite cu ochi buni la mine în familie), așa că nu sunt obișnuit cu aerul ăsta cumplit. Pacienții își primesc rația zilnică de tutun și o folosesc din plin. Rezultatul e că mă simt și mai rău, de unde oricum nu începusem bine.

Poate că metoda de luptă cea mai bună e să încep și eu să fumez. Cafeaua mi-a devenit prietena cea mai bună – se pare că te poți obișnui cu aproape orice. Mă rog, nu chiar cu orice, altfel n-aș fi aici.

29

Ușa din față era deschisă. Tómas intră cu băgare de seamă, urmat îndeaproape de Ari Thór.

Apelul venise când Ari Thór era încă acasă. Dispeceratul de urgență îl direcționase imediat către poliția din Siglufjördur, iar de acolo fusese redirecționat către mobilul lui Ari Thór.

Elín își spusese numele. Gâfâia și părea confuză.

– Veniți imediat! E mort!

– Cine-i mort, Elín? întrebă Ari Thór pe un ton neutru.

– Valberg, fostul meu. A... a... mi-a spart casa. A încercat... încercat... a încercat să mă omoare. Veniți, acum!

Bărbatul care zăcea în bucătărie era mort, balta de sânge din jurul lui nu lăsa loc de îndoială. Lui Ari Thór i se întoarse stomacul pe dos. Cuțitul implântat în pieptul individului nu avu nici el un efect liniștitor. Apoi o văzu pe Elín, chircită pe podea, cu încheietura întoarsă într-un unghi nefiresc.

Ari Thór îi aruncă o privire lui Tómas, care încuviință din cap și se apropie de ea.

– Elín, zise el cu blândețe. Elín.

Femeia se uită la el și încercă să se ridice în picioare. Era ceva ciudat în felul în care se chinuia să-și capete echilibrul folosindu-se de o singură mână, în vreme ce dreapta îi atârna inertă într-o parte. Ari Thór observă urma clară a unei lovituri pe obrazul ei.

– Mă doare de nu mai pot, îngăimă ea când reuși să se ridice. M-a împins pe scări. Trebuie să merg la spital.

– Poți vorbi câteva minute cu noi înainte de asta? întrebă Ari Thór.

Între timp ajunsese ambulanța, iar membrii echipajului intrară în bucătărie, oprindu-se lângă Ari Thór.

– M-a lovit și m-a tot lovit, suspină Elín. Apoi m-a izbit de masă. Abia pot să-mi mișc brațul...

Oftă și trase aer adânc în piept.

– După aia... m-a împins pe scări. Cred... cred că mi-am rupt încheietura. Mă doare îngrozitor.

Îi scăpă un scâncet.

– Vreo lovitură la cap? întrebă cineva din echipajul ambulanței.

– Da, cred că mi-am pierdut cunoștința când m-am lovit de podea.

– Trebuie să mergem imediat la spital.

Însă Ari Thór încă nu terminase interogatoriul. Porni reportofonul.

– Elín, ne poți spune pe scurt ce s-a întâmplat aici? întrebă el cu blândețe și încurajând-o.

– Normal că pot! A încercat să mă omoare! răcni ea, apoi coborî glasul. Îmi pare rău...

– Nu-i nimic. Continuă, dacă poți.

– Era deja aici când am ajuns acasă.

Elín respira sacadat.

– S-a urcat pe balcon și a forțat ușa. Am încercat să mă apăr, dar era prea puternic. M-a târât pe scări... și m-a împins de sus.

Oftă, epuizată.

– Trebuie să ne grăbim, spuse unul dintre medici, însă Ari Thór nu terminase încă.

– Cum a fost înjunghiat?

– Am reușit să ajung la bucătărie și am luat cuțitul... S-a mișcat așa de repede... M-am întors și când s-a repezit spre mine a... Cred că a intrat direct în cuțit, zise ea printre sughițuri. N-am vrut să-l omor... L-am iubit cândva. Dar a trebuit să iau cuțitul, a trebuit să mă apăr.

Urmă o pauză scurtă, în care își reținu un urlet.

– Nu-nțelegi? se lamentă ea. Voia să mă omoare!

De ce-i așa întunecos aici?

Linoleum cenușiu închis, uși închise la culoare, totul e înfiorător de incolor, cu excepția portocaliului dement din dormitorul meu.

Mâncarea e scârboasă iar eu mă simt ca dracu'.

Vreau să ies de-aici, dar n-am nicio tragere de inimă să merg acasă.

Îmi amintesc de prima oară când l-am văzut pe Tata cum o lovește pe Mama. Bineînțeles că nu era prima oară când o lovea, doar prima oară când eram și eu de față. Prima oară când și-a pierdut cumpătul în fața unicului său fiu.

Era în ziua de Crăciun și stăteam într-un colț cu o jucărie primită cadou. Am ridicat privirea când am auzit plesnitura. A fost o palmă puternică. Habar n-am ce a provocat-o, pentru că înainte de asta nu se certaseră. Mama mea nu se certa niciodată. Sigur a zis ceva ce nu i-a plăcut lui. De obicei era de-ajuns.

El s-a purtat de parcă n-aș fi fost acolo. Am rămas stană de piatră, privind ce se întâmpla fără să înțeleg. Parcă mă uitam la doi străini. Au urmat mai multe lovituri. Nu știu exact câte, dar prea multe.

Am simțit-o pe fiecare de parcă mi-ar fi dat-o mie.

Cea mai cruntă era tăcerea, tăcerea dinaintea fiecărei lovituri, ca liniștea dinaintea furtunii.

Îmi amintesc de strălucirea din ochii Tatei când în cele din urmă a observat că eram acolo. N-am mai văzut niciodată ceva asemănător. Eram îngrozit. N-o să merg atât de departe încât să zic că i-am văzut Răul în ochi, ar fi prea dramatic. Cum aș putea să descriu imaginea? Mânie? Nu... Furie, furie descătușată. Ăsta-i cuvântul – descătușat. Nu se mai putea controla. Asta era cel mai năucitor, cum un om altfel blând, sever, da, dar plăcut, putea să devină un asemenea monstru.

Un monstru. N-am mai folosit niciodată cuvântul ăsta când am vorbit despre Tata și mi-e rușine că-l folosesc acum, dar mă cuprinde un sentiment de eliberare că pot să-l scriu pe hârtie fără repercusiuni. Aici nu mă poate atinge nimeni.

30

Kristín primise un telefon neaşteptat în seara aceea. Doctorul care avea un efect tulburător asupra ei în ultimele câteva săptămâni o sunase de la Akureyri. Motivul era unul inocent, fireşte – o ruga să-i preia tura în ziua următoare. Neobişnuit era faptul că primea un apel de genul acesta de la un coleg, în mod normal ar fi căzut în sarcina unui superior. Visele cu ochii deschişi erau o plăcere nevinovată, îşi zise, dar în sinea ei spera că e doar un pretext ca s-o sune, că voia, de fapt, să-i audă vocea.

Conversaţia dură mai mult decât ar fi fost necesar. Stefnir dormea şi Ari Thór era la serviciu, ca întotdeauna, aşa că oricum n-avea altceva mai bun de făcut decât să flirteze puţin prin telefon. Era ceva inocent. Îi venea greu să creadă că vorbiseră aproape o oră, dar dovada se afla în telefonul ei. Până să încheie apelul trecuseră cincizeci şi şapte de minute.

Vorbiseră despre tot şi nimic, despre cum i se părea lui la Akureyri, ce făcea când nu era la serviciu ci în frig şi întuneric. Era divorţat, dar îi mărturisi că de atunci nu mai fusese cu vreo femeie. Îi lua mult să-şi revină, chiar dacă era evident de la bun început că relaţia dinainte n-avea să meargă niciodată.

Cele cinzeci şi şapte de minute reprezentaseră o conversaţie mai interesantă decât legase cu Ari Thór de luni întregi. Era mai deschis decât Ari Thór şi – trebuia să recunoască – şi ea era, la rândul ei, mai deschisă şi pozitivă cu el decât fusese de o bună bucată de vreme cu soţul ei.

Înainte să-și dea seama ce se întâmplă, acceptase să ia cina cu el după ce termina schimbul din seara următoare. El se plânsese mai în glumă, mai în serios că nu are prieteni la Akureyri și că era sătul să mănânce singur. Faptul că acceptase să iasă la cină cu el însemna că mingea era în terenul lui. *Nu-i decât o cină*, își zise. O să se limiteze la atât.

Însă n-avea de gând să-i spună și lui Ari Thór, ca nu cumva să-și facă o impresie greșită.

Simți fluturi în stomac. Stăpână pe sine, dădu repede deoparte reproșurile firave pe care i le făcea conștiința. Își aminti cu obidă că Ari Thór avusese odată o aventură cu fata aia din Siglufjördur, așa că n-avea niciun drept să se plângă dacă ea ieșea la masă cu un coleg. Însă Kristín știa în sinea ei că nu așa stăteau lucrurile și că, dacă s-ar fi simțit înșelat – nu, dacă ar fi avut măcar impresia că e înșelat –, iritarea ar fi fost suficientă să-l arunce în vâltoarea unei furii pe care ea nu voia s-o vadă.

Alcoolul declanşează rareori violenţă. E un fapt tulburător în sine. Tata mai bea din când în când un pahar de vin roşu la masă, uneori un whisky seara dacă nu-i de serviciu. Dar cele mai puternice lovituri le dă când e cât se poate de treaz. Atunci, furia iese la suprafaţă cu o putere uriaşă. Alcoolul amorţeşte şi calmează. Uneori îmi doresc – şi ştiu că nu e bine – să fi fost alcoolic. Viaţa ar fi fost mai simplă şi mai bună.

Mi-a trecut prin minte să mă apuc de băut, dar nu cred că rezolvă nimic. N-am vrut să fug până nu m-am scufundat în adâncuri şi am ajuns la psihiatrie. S-a întâmplat incredibil de repede şi pe neaşteptate, dar sper să-mi revin la fel de rapid.

Cel mai dureros, dacă e să fiu sincer, e că nu pot să am o relaţie sinceră, caldă cu proprii mei părinţi. Tata e foarte distant. Parcă s-a căscat o prăpastie între noi, o prăpastie care se lăţeşte de fiecare dată când foloseşte pumnii. Mama n-are nicio reacţie. Devine distantă în felul ei, se refugiază în carapace. A renunţat. Aşa nu se poate.

31

După ce medicul o consultă pe Elín și îi puse încheietura în ghips, cei doi polițiști reușiră în cele din urmă să obțină o declarație din partea ei. Avea noroc – nu era nevoie de vreo operație. Cu toate că medicul o sfătui să rămână peste noapte sub supraveghere, Elín insistă că se simte bine și nu are nevoie de internare, deși era conștientă că ar fi trebuit să-l asculte.

Pe lângă toate celelalte avea și câteva coaste rupte, pentru care însă nu avea nevoie de tratament suplimentar. Umărul nu era într-o stare atât de rea pe cât crezuse și nu trebui decât să ia acasă câteva analgezice puternice. Nu-i venea să creadă că Valberg era mort, însă o copleși sentimentul că acum ea e în siguranță.

Era profund îngrijorată de faptul că lucrurile nu se terminaseră aici, că avea să fie acuzată pentru că ucisese un om. Polițiștii o sfătuiseră să-și găsească un avocat, dar n-avea de gând să facă asta încă. Trebuia să fie evident că ea e victima din toată afacerea și vedea că polițiștii sunt de acord cu asta. O credeau, iar pe parcursul interogatoriului ea nu le spusese decât adevărul – *în mare măsură*. Fuseseră amabili și calmi, nu încercaseră să-i întindă vreo capcană, iar rănile de pe corp erau suficient de concludente. Bărbatul sălbatic era mort, iar Elín simțea că parcă se înțelesese tacit cu cei doi polițiști să nu insiste în direcția aceea.

Îi trecuse prin minte că ar fi putut s-o aresteze dat fiind că era o crimă gravă, dar ei nici nu pomeniseră de așa ceva. Ari Thór îi sugerase să rămână la spital peste noapte, dar ea refuzase vehement. Cu toate cele câte i se întâmplaseră, putea să se îngrijească singură, cu ajutorul câtorva calmante bune. Însă era imposibil să se întoarcă acasă, la locul faptei. Cea mai bună variantă de compromis era să meargă la Gunnar.

Era bărbatul pe care-l iubea, dar care o dezamăgise exact când avea mai mare nevoie de el. De ce nu venise în seara aceea? Acum o să-l ia prin suprindere, o să rămână la el peste noapte și o să-i povestească totul, văzând cum e măcinat de regrete că nu venise s-o salveze și, poate, să-l salveze chiar și pe celălalt.

– Elín? zise Gunnar cu gura căscată, privind năuc la făptura zdrobită din prag. Ce... Ce s-a-ntâmplat?

Se uită la mașina de poliție din spatele ei. Mașina se îndepărtă când Gunnar o invită pe Elín înăuntru și închise ușa.

– Valberg, zise ea. Valberg e mort. Mă aștepta când am ajuns acasă.

El ascultă năucit povestea, dar se ținu la distanță.

– Stai tu în dormitor, îi propuse el. Eu dorm aici jos.

Elín scutură din cap.

– E-n regulă. Pot să dorm aici. Deși mă îndoiesc că o să adorm prea ușor.

– Haide. Ești rănită și n-o să vii la birou o vreme. Stai în dormitor. Nu te trezesc de dimineață, când plec.

– Bine, dacă insiști, oftă ea, prea obosită să-l contrazică.

Nu avea să adoarmă imediat. Nu suporta gândul să se întindă și să închidă ochii după ziua aceea, chiar dacă era complet epuizată.

Gunnar rămase cu ea în sufragerie și discutară deschis, ca doi prieteni buni – și atât.

Ea simțea că nu mai e decât o chestiune de timp până ca ei să facă următorul pas.

32

După ce o conduse pe Elín la Gunnar, Ari Thór ajunse acasă puţin înainte de ora unsprezece. Kristín dormea deja. Se simţi aproape uşurat, pentru că tensiunea dintre ei devenise împovărătoare şi avea oricum destule pe cap.

Soneria telefonului sparse liniştea. Nu recunoscu numărul, însă glasul care-l salută - răguşit după zeci de ani de fum - era deopotrivă familiar şi neliniştitor.

- Ari Thór, amice...

- Cine-i acolo? întrebă, chiar dacă ştia deja răspunsul.

- Addi.

- Ce vrei? zise Ari Thór fără să încerce măcar să fie politicos.

- Voiam să ştiu dacă ai chef să ne vedem să stăm puţin de vorbă.

- Să ne vedem? Când? De ce?

- Păi, astă-seară ar fi bine. S-ar putea să am ceva pentru tine.

- Astă-seară? Te-ai uitat cât e ceasul? Nu poţi să-mi zici la telefon?

Ari Thór nu reuşi să-şi ascundă nerăbdarea din glas.

- Uşurel, băiete. Sunt doar afaceri, pricepi?

- Ce?

După o zi lungă, Ari Thór simţea cum îl apasă oboseala, dar curiozitatea era mai puternică. N-avea încredere în bărbatul acela, însă poate că avea ceva interesant de zis, ceva care să-i ajute în anchetă. Addi trebuia să priceapă că Ari Thór nu se lăsa intimidat, că orice întâlnire avea să se desfăşoare în condiţiile impuse de tânărul polițist. Ari Thór n-avea de gând să se sperie de un individ trecut de șaptezeci de ani.

– Ești acasă, nu? Vin la tine, spuse Ari Thór.

Nicio șansă să-l invite pe Addi în căminul lui. Numai când se gândea la asta i se făcea rău.

– Bine. Sunt acasă, ca de obicei. Te aștept.

– OK.

– A, încă ceva...

– Da?

– Nu-l lua și pe Tómas cu tine.

În capul lui Ari Thór se aprinse un semnal de alarmă. Deși nu intenționase să-i dea de veste lui Tómas, se întrebă de ce impusese Addi o astfel de condiție.

– De ce nu?

– Cu tine vreau să vorbesc, Ari Thór, nu cu văr-miu. S-a făcut?

– Plec acum, spuse Ari Thór și încheie apelul.

*

Ari Thór putea să jure că simțise mirosul de fum de țigară stătut încă înainte ca Addi să deschidă ușa.

– Intră, zise Addi.

Purta același pulover ponosit ca la prima lor întâlnire și avea un aer triumfător.

Ari Thór îl urmă în sufragerie, începând deja să-și regrete decizia. Mobila veche și murdară îi dădea impresia că alunecase într-o buclă a timpului și că rămăsese prizonier în casa în care nimic nu părea să se mai fi schimbat de ani întregi, unde praful se adunase în straturi pe mobila demodată moștenită de la generațiile anterioare.

– Ia un loc.

Addi se așeză în același fotoliu vechi, de culoarea vinului, în care stătuse și la prima descindere a lui Ari Thór și Tómas.

– Nu pot să stau mult, replică Ari Thór rămânând în picioare. Ce voiai să-mi spui?

– Ai dreptate. Te așteaptă familia. Kristín și Stefnir.

– Poți să nu-i bagi în chestia asta? izbucni Ari Thór, nemaireușind să-și stăpânească furia și starea de disconfort.

– Ușurel, ușurel. Tocmai ați arestat-o pe Elín Reyndal, nu-i așa?

– Se pare că știi mai multe decât alții, Addi. Sigur reușești să-ți răspunzi singur la întrebare.

– Vorbele umblă repede într-un loc ca ăsta, mai ales când cunoști pe cineva care lucrează la spital... Cică a omorât pe careva, un dobitoc infect care-i făcea zile fripte. Din partea mea, bravo ei. Bravo ei! zise Addi și rânji larg.

– M-ai chemat aici ca să stăm de bârfe?

Ari Thór începea să-și piardă răbdarea, chiar dacă părul de pe ceafă i se zbârlise.

– Nu voiam să-ți zic la telefon, dar cred că noi doi putem să cădem la învoială.

– O învoială? Chiar crezi că aș face vreo învoială cu tine vreodată?

– Eu am niște informații, iar tu poți să-mi faci la schimb un serviciu.

Addi tuși, apoi rânjetul apăru din nou.

– Ideea de bază e că vreau să te ajut să-l găsești pe ăla care l-a omorât pe Herjólfur. Lumea n-ar trebui să împuște gabori. E rău pentru toți...

– Deci, ce știi?

– Hai să ne tocmim întâi.

– Nici nu mă gândesc.

– Ei, stai ușor, stai ușor. Poate să fie o învoială între domni.

Addi întinse o mână.

– Te-ai prins?

Ari Thór ignoră mâna întinsă.

– Ce vrei, Addi?

– Să ne lași în pace.

– Pe voi? Cum adică?

– Adică eu și prietenii mei ne vedem în continuare de afacerile noastre discrete. Nu facem nimic amplu – fără violență, fără contrabandă. Doar câteva afaceri, în timp ce voi sunteți atenți la altceva...

– Afaceri discrete? Ce vrei să spui, Addi?

– Nu fi prost. Știi foarte bine.

– Te-ai țicnit? izbucni Ari Thór, reușind cu greu să se controleze, furibund că bărbatul din fața lui îi cerea să-și ignore principiile și să încalce legea.

– Se pare că tu o să preiei conducerea acum că Herjólfur e mort. Tómas se întoarce în sud, deci nu mai e problema lui. Trebuie să găsim o metodă să lucrăm împreună, noi doi. Eu nu mă bag în calea ta, iar tu te faci că nu vezi când mai are loc câte-o afacere. Menținem pacea, Ari Thór. Știi ce zic?

Ari Thór tăcea în continuare.

– Mai gândește-te. Oferta e pe masă. Toată lumea câștigă. Tu afli cine l-a omorât pe Herjólfur, eu și prietenii mei nu suntem deranjați de poliție.

– Și informația? Știi cine l-a împușcat pe Herjólfur?

– Te mai gândești la ofertă?

Ari Thór ezită. Era o învoială pe care nu putea s-o accepte. Dacă se alia cu un infractor cunoscut – dacă-l proteja! – ar fi însemnat că și el e doar un infractor. Dacă împingea la limită regulile sau chiar le încălca, n-ar mai fi putut să dea ochii cu Kristín sau cu fiul lui, nici să se privească în oglindă. Oare se întâmpla ceva rău dacă-i dădea de înțeles că e pregătit să se mai gândească la ofertă? Avea, pe de altă parte, sarcina să afle cine-l ucisese pe Herjólfur. Măcar atât îi datora. Addi spusese ceva și de Elín. Ce știa despre ea? Cât știa despre întreg cazul?

– Deci? Te mai gândești? repetă Addi și trase un fum dintr-o altă țigară, înecându-se; din gură îi ieși un vălătuc de fum care se lipi de tavan.

Ari Thór dădu din cap, simțind imediat un val de neliniște la gândul că acceptă asemenea condiții, că, de fapt, face un pact cu diavolul.

– Nici nu-ți cer altceva, spuse Addi pe un ton relaxat. I-ați dat drumul tipei?

– Elín?

– Elín, da.

– Da, i-am dat drumul. Contează?

– Nu, tărăgănă el răspunsul. Nu chiar. Doar că va trebui s-o săltați din nou.

– De ce?

– Cică a mai cumpărat din când în când, așa mi-a șoptit o păsărică.

– A cumpărat droguri? De la tine?

– Ari Thór, amice, începu Addi și pufni în râsul lui deosebit de iritant, eu nu vând droguri. Sunt doar un moș ieșit la pensie. Suntem de acord, nu?

Ridică tonul și întinse din nou mâna. Ari Thór nu schiță nici un gest și simți cum, de atâta încordare, transpirația îi țâșnește prin toți porii.

– Și tăcerea-i un răspuns, mormăi Addi și-și retrase mâna.

Părea bosumflat, ca un copil neascultător.

– Ce știi despre Elín? întrebă Ari Thór, fixându-l pe Addi cu privirea.

– Fără nume, ai înțeles?

Ari Thór încuviință.

Și ăsta e un pont anonim, bine?

– Anonim, repetă Ari Thór.

– Uneori mai cumpăra chestii pe rețetă.

– Ce chestii?

– Calmante puternice. Din alea de care la farmacie nu-ți dă fără rețetă.

– Și crezi că are vreo legătură cu atacarea lui Herjólfur?

– E posibil, nu? spuse Addi vesel.

– E posibil? Și de ce, mă rog?

– Ei, un fleac, doar se ducea uneori să ridice marfa din locul ăla. Știi tu, casa unde a fost împușcat Herjólfur.

Urăsc locul ăsta. Mă simt rău, și fizic, și psihic, și îl detest. Faptul că scriu toate chestiile astea nu-l face mai suportabil, iar viața în alb și negru doar face să mă simt și mai jalnic.

În camera de zi e un televizor, dar e vară, așa că televiziunea de stat e închisă timp de o lună. E norocul meu tipic să fiu captiv în secția de psihiatrie în miezul lunii iulie. N-am prea multe chestii care să-mi facă ziua mai antrenantă. Uneori, seara mai sunt activități de recreere. La început am refuzat cu încăpățânare să particip la ele, dar azi am cedat.

Recreația de seară. E o formulă veche care amintește de vremuri apuse. Monotonia asta are ceva reconfortant, îți dă senzația de siguranță.

Uneori, de fapt destul de des, mă gândesc la mama mea.

Dacă aș fi avut o soră, oare ar fi fost ca Mama? Inteligentă și harnică, dar fără să-și urmeze vreodată visurile, să-și împlinească ambițiile?

Oare oamenii încep să se transforme în proprii părinți din clipa în care se nasc, iar asemănările devin tot mai pronunțate odată cu timpul? Sau există un punct de cotitură? Dacă da, când apare?

Tata a lucrat mult întotdeauna, iar în ultimii câțiva ani chestia asta s-a înrăutățit. Mai multă răspundere și schimburi mai lungi au însemnat să lipsească tot mai mult. Și nu numai. Acum știu că sunt singur în toată povestea asta.

E surprinzător câte afli în secția de psihiatrie.

33

Chiar dacă era târziu, Ari Thór îl sună pe Tómas imediat ce plecă de acasă de la Addi. Îi spuse în mare despre ce vorbiseră, dar nu pomeni condițiile impuse de Addi la schimb pentru informații.

Ar fi vrut să-l întrebe pe Tómas dacă între cei doi veri existase vreun astfel de aranjament în trecut, dar știa că e o întrebare pe care n-o s-o poată pune vreodată, la fel de bine cum știa că Tómas nu i-ar fi răspuns niciodată.

Au deliberat cum să folosească mai bine noul pont. Oare Addi era o sursă de încredere? Tómas era de părere că da, însă amândoi erau de acord că ar fi fost greu să păstreze secretă identitatea informatorului lor. Măcar aveau un motiv solid să vorbească din nou cu Elín. Întrebarea era dacă să aștepte sau nu până a doua zi.

Tómas hotărî să acționeze imediat. Ari Thór nu protestă, dar se simți vinovat că o interoghează pe Elín la atât de scurt timp după experiența cumplită pe care o trăise.

Se îndreptară spre casa lui Gunnar. Pe Ari Thór îl luase prin surprindere faptul că Elín ceruse să meargă acolo, dar insistase că trebuie să fie alături de cineva cunoscut, în care avea încredere și cu care putea discuta lucrurile deschis. Nu părea îngrijorată de bârfele scârboase care ar fi putut apărea.

– Totu-i o legendă, spuse Tómas, mai mult pentru sine.

Vântul se întețise considerabil și în noaptea aceea era pronosticată o furtună. Nimic neobișnuit – cum iarna se apropia și zilele deveneau semnificativ mai scurte, știa că în perioada aceea din an vremea se putea schimba dramatic în câteva clipe, ori începea să ningă din senin, ori lovea un dezgheț rapid însoțit de o ploaie puternică. Un vânt mușcător bătea dinspre nord. Era rece, cumplit de rece, chiar și în mașina solidă a poliției. Ari Thór tremură și își strânse fularul mai bine în jurul gâtului, înfigându-și mâinile adânc în buzunare.

Ridică o sprânceană spre colegul lui, încercând să descifreze ce însemnau mormăielile acestuia.

– O legendă, repetă Tómas. Ne închipuim că trăim într-o țară fără arme sau violență, zise el cu o expresie neobișnuit de gravă întipărită pe chip. De fapt, lucrurile stau puțin altfel. Sunt mult prea multe arme de foc pe-aici. Am auzit niște cifre date la radio, nu că aveam nevoie. Aproape jumătate dintre cei pe care-i cunosc au permis de portarmă. E o legendă că locul ăsta e pașnic. Fără violență în Islanda? Vrăjeală! Da, totul pare liniștit și prietenos la suprafață, dar în spatele ușilor închise se ascunde un secret incomod – violența domestică. Și nimeni nu vrea măcar să recunoască, darmite să mai și vorbească despre ea.

Opriră în fața casei lui Gunnar. Tómas stinse motorul și continuă să vorbească. Dându-și seama că ceva îl frământa, Ari Thór știa că e mai bine să tacă și să-l lase să-și verse oful.

– Iar jigodia aia a primit ce merita... Da, știu că n-ar trebui să zic așa ceva, dar m-am săturat și sunt nervos, Ari Thór. Nu-ți ascund că am simțit că înnebunesc când am văzut ce i-a făcut femeii ăsteia, continuă Tómas, apoi făcu o scurtă pauză ca să-și tragă răsuflarea, roșu la față. Poate că dobitocul era pur și simplu rău. Cine știe? Îți spun eu, Ari Thór, violență găsești peste tot – nu doar la scursuri, ci și la oameni care par cât se poate de respectabili. Capi de familie cu slujbe de răspundere, cetățeni exemplari din toate punctele de vedere mai puțin când își folosesc pumnii asupra soției și copiilor. Știu ce spun. Am văzut-o cu ochii mei, de prea multe ori.

Ceasul de bord arăta că era aproape ora unu. Ari Thór era epuizat și, oricât ar fi fost de acord cu mânia lui Tómas, trebuia să se odihnească și tânjea după un somn bun.

– N-ar trebui să așteptăm până dimineață, Tómas? A avut o zi lungă, cu toții am avut o zi lungă. Cred că dorm duși amândoi.

Avertismentul lui Ottó îi apăru din nou în minte. Probabil că nu era o mișcare inteligentă să-i sâcâie pe primar și viceprimar în toiul nopții, însă Tómas era de neclintit.

– Anchetăm o crimă și știi la fel de bine ca și mine că nu-i o investigație obișnuită. Cineva a împușcat un polițist. Nu uita asta, Ari Thór. Dacă trebuie să sculăm pe cineva din somn, atunci asta e. Cazul ăsta e o prioritate. Herjólfur e o prioritate.

Ieșiră în vântul de nord care parcă mușca din ei, îndeajuns de puternic încât să legene ușor stâlpii de iluminat. În timp ce se lupta cu rafalele, Ari Thór simți că întunericul îl copleșește. Aproape că-i era dor de zilele cu zăpadă, chiar dacă uneori, când zăpada apăsa cel mai greu asupra orașului, încă avea senzația de claustrofobie.

Tómas bătu cu putere în ușă. Nu așteptară mult înainte să le deschidă primarul, complet îmbrăcat, cât se poate de treaz, cu o încruntătură pe chip.

– Acum ce mai e?

Nu încercă să-și ascundă nerăbdarea.

– Trebuie să vorbim cu Elín. Mai e aici?

– Bineînțeles că e. Nu puteți aștepta? Sigur vă dați seama că nu e în cele mai bune condiții să primească oaspeți la ora asta.

– Putem intra câteva minute? întrebă Tómas ferm, dar politicos.

Gunna ezită înainte să răspundă, lăsând umerii să-i cadă neputincioși.

– Da, bine, doar câteva minute.

Elín stătea în sufragerie, ținând o cană de cafea cu ambele mâini. Se uită la ei vizibil obosită, cu ochii goi. Nu zise nimic.

Tómas îi aruncă o privire lui Ari Thór. Își dădea seama la ce se gândește. Se întreba dacă să stea de vorbă cu ea aici sau la secție.

– Am putea vorbi între patru ochi? întrebă Tómas, uitându-se întâi la Elín și apoi scurt către Gunnar.

Elín răspunse cu un calm remarcabil, date fiind condițiile:

– Putem să vorbim aici. Vreau să fie și Gunnar de față.

– Nu e procedura standard, zise Tómas nehotărât, iar pe chipul lui se citea conflictul interior.

După o scurtă pauză, oftă.

– Bine, fie. Dacă așa vrei..., zise el încet după ce hotărî.

Ari Thór observă că Gunnar se așeză destul de departe de Elín, parcă vrând să sublinieze că nu erau chiar atât de apropiați pe cât credea toată lumea.

Preț de o clipă nimeni nu zise nimic. Tómas nu dădea vreun semn că ar fi vrut să conducă discuția. Ari Thór era cel care avea informația, așa că lui îi revenea sarcina să pună întrebările.

În cele din urmă se avântă. Nu se simțea în largul lui, era un musafir nepoftit care intrase în miez de noapte în casa cuiva.

– Eu... *noi* avem informații de la un martor, Elín, cum că ai fost în contact cu cineva care vinde droguri în clădirea lângă care a fost împușcat Herjólfur.

În sufragerie parcă se rostogolise o grenadă. Elín se încordă, iar pe chip i se puteau citi uluiala și frica. Gunnar părea năucit, chiar îngrozit. Scoase un icnet puternic și rămase cu gura căscată. Oare sentimentele lui pentru Elín erau mai puternice decât ar fi vrut să știe restul lumii?

Elín îngăimă în cele din urmă câteva cuvinte.

– Eu... Am crezut că vreți să vorbim despre Valli... despre ce s-a-ntâmplat în seara asta... Eu, ăăă... Nu știu dacă ar trebui...

Ari Thór aproape că se aștepta ca Gunnar să se ridice în picioare și să ia atitudine, să le ceară să plece. În loc de asta, stătea nemișcat, fără să scoată un sunet.

Ari Thór ar fi preferat să fie mai delicat, s-o ferească pe biata femeie de întrebările dureroase, care în mod evident o supărau, dar reacțiile ei demonstrau că era mai bine că folosise o abordare hotărâtă – poate chiar reușeau să se apropie de dezlegarea misterului. Îl găsiseră pe atacator? Oare Elín îl omorâse pe Herjólfur?

– Așa e? insistă el. Ai făcut afaceri cu un traficant de droguri?

Elín părea să fie în stare de șoc, iar tăcerea ei aproape că se materializase în cameră. Ochii îi fugeau în toate părțile, de parcă încerca să se hotărască dacă să spună sau nu adevărul.

– Mai bine ne spui totul acum, zise Ari Thór cu ceva mai multă blândețe. Situația nu-i prea roz, iar minciunile doar o să agraveze totul, Elín.

– Îmi pare rău, n-am mințit..., spuse ea. Nu erau droguri... nu erau deloc droguri. Nu mă ating de așa ceva. Doar nu credeți că eu l-am împușcat, nu? N-am avut nimic de-a face cu asta, spuse ea repede, cu glas tremurat și groaza întipărită pe chip.

– Nu droguri? Atunci ce erau?

– Doar calmante. Doar niște nenorocite de calmante!

Își îngropă fața în mâini, apoi ridică privirea în timp ce lacrimile îi șiroiau pe față.

– Îmi pare rău, nu mi-am revenit după ce s-a întâmplat în seara asta. Nu putem să vorbim mâine dimineață?

– Trebuie să lămurim chestiunea acum. Poate ar fi mai bine să vii cu noi la secție.

– Nu! Nu, nu pot... Nu acum, scânci ea, tremurând.

Ari Thór insistă:

– Cât ai cumpărat? Cât de des? De ce?

Elín clătină din cap și nu mai zise nimic.

– De cât timp folosești medicamente eliberate pe rețetă?

Clătină din nou din cap și murmură:

– Nu... Eu... Nu vreau să vorbesc despre asta.

– Herjólfur era pe urmele tale?

Elín nu răspunse.

– Asta a descoperit Herjólfur? întrebă Ari Thór.

Îi aruncă o privire primarului, care părea să nu aibă habar ce să facă, ce să spună, sau dacă să spună ceva. Ari Thór îi așteptă reacția – un strigăt, un telefon sau poate chiar vreo insultă. Dar când văzu că tace, hotărî să schimbe tactica.

– Chiar a trebuit să-l omori? o întrebă calm pe Elín.

Ea suspină. Părea în pragul unei căderi nervoase. Ari Thór îi aruncă o privire lui Tómas, care dădu din umeri, lepădându-se de răspundere chiar dacă el insistase să facă descinderea.

– Chiar a trebuit să...? repetă Ari Thór, iar de data asta Elín îl întrerupse.

– N-am făcut nimic! țipă ea. Nu l-am omorât eu!

– Cred că e mai bine să mergem la secție.

– Nu... Nu vreau să merg... N-am făcut nimic.

Acum interveni Gunnar, mai stăpân pe sine decât se așteptase Ari Thór. Se ridică din fotoliu.

– De-ajuns! Nu mai poate, zise el. Pot să vă explic eu. Vă spun adevărul. Dar cu asta gata deocamdată. Lăsați-o să se odihnească!

Preț de o clipă, Ari Thór crezu că Gunnar urma să mărturisească crima.

– Vă cer doar să ne menajați, pe amândoi, pe cât posibil. Bineînțeles că niciunul dintre noi nu l-a ucis pe Herjólfur. Oricum, nu cred că v-a trecut așa ceva prin minte, dar cel mai bine spunem lucrurilor pe nume.

Începu să se plimbe prin încăpere.

– În orice caz, n-am fost pe de-a-ntregul cinstiți cu voi, iar vina e a mea.

Primarul oftă și făcu o scurtă pauză .

– E adevărat că Elín a cumpărat calmante prin... ăăă... metode neconvenționale, de mai multe ori. Dar a făcut-o pentru mine.

– Pentru tine?

Ari Thór era luat prin surprindere.

– Vedeți voi, am o afecțiune care mă supără.

Flutură din mâini, încercând parcă să minimalizeze situația.

– Nu-i ceva grav. Dar am nevoie de medicamentele alea. Am nevoie de ele ca să funcționez cum trebuie, mai ales când sunt sub presiune. Primele câteva luni la noul loc de muncă au fost stresante. Ştiu că nu e cel mai mare municipiu din ţară, dar tot a fost greu, mai ales că mulţi oameni puternici au aşteptat de la mine marea cu sarea. Și cred că le-am oferit ce-și doreau... marea cu sarea, adică. Deocamdată.

Gunnar se opri din mers în mijlocul sufrageriei.

– Și ai trimis-o pe Elín în locul ăla să-ți ia drogurile?

– Nu le-aş spune droguri. Nu sunt vreun dependent. Încerc doar să mă descurc în viață, la o slujbă nouă, și mai mult ca sigur sunt pe cale să-mi pierd familia... Nu mi-a fost uşor. Și n-am trimis pe nimeni nicăieri. Am întrebat-o pe Elín dacă poate să mă ajute. Îmi era bine înainte să mă mut în nord, dar am ştiut că aici o să-mi fie greu dacă n-am medicamentele potrivite. Uneori reușesc să fac rost de ele de la un doctor, pe rețetă, dar de obicei nu sunt suficient de puternice și ajunsesem la limita suportabilității. Nu mai puteam să tot cer calmante mai puternice. Pur și simplu n-am ştiut încotro să mă îndrept și nu era un risc pe care mi-l puteam asuma în calitate de primar, mă cunoaște toată lumea, așa că...

Ari Thór se uită la Elín și văzu că încuviințează din cap.

– Așa e, zise ea cu glas jos. Gunnar m-a rugat să-l ajut, iar eu l-am ajutat. Așa cum fac mereu.

– Și Herjólfur era pe urmele voastre? întrebă Ari Thór. De asta te-a sunat, Gunnar? Făcuse legătura?

– Ce? Nu, dimpotrivă.

Gunnar făcu o pauză și se uită la Elín.

– M-a sunat să-mi spună că o văzuse pe Elín acolo și că bănuia că în casa aia se vând droguri sau se fac lucruri chiar mai rele. Nu-i trecuse prin minte că ea se dusese acolo pentru mine.

– Și voi doi ce-ați făcut? L-ați omorât pe cel care se apropia prea mult de adevăr?

– Ce? Ai înnebunit? Bineînțeles că nu! Suntem oameni normali, puși, poate, într-o situație neobișnuită, dar oamenii normali nu-i *omoară* pe ceilalți.

Se opri și aruncă o privire spre Elín, conștient de ironia cuvintelor sale. Dădu din umeri și reluă:

– Probabil că Herjólfur nu pusese ochii numai pe Elín, sigur avea în colimator și pești mai mari, rechini chiar... Infractori care au multe de pierdut și nu se dau în lături de la violență. Recunosc că v-am mințit ca să-mi salvez pielea, firește. Dar puneți-vă în locul meu. Voi n-ați fi încercat să treceți așa ceva sub tăcere?

Când auzi de pești mai mari și rechini, Ari Thór se gândi automat la Addi.

– Poți să vii cu noi, Gunnar? zise Tómas în cele din urmă.

El încuviință din cap. Era clar că-și consumase toată energia. Se uită la Elín.

– Stai aici, Elín. Încearcă să dormi.

– O să-i luăm declarația de dimineață. Deocamdată începem cu tine, spuse Tómas.

– Și-apoi? O să afle și presa? Aveți de gând să...? Adică, o să mă acuzați de ceva?

– Ancheta trebuie să-și urmeze cursul firesc, Gunnar, replică Tómas, iar glasul îi trădă oboseala. Ce se întâmplă mai departe nu ține de mine, dar te asigur că nu oferim presei informații despre ancheta asta sau despre oricare alta. Sub nicio formă.

Ari Thór petrecuse destul timp în Siglufjördur ca să știe că nu dura mult până când știrea avea să înceapă să circule. Putea însemna că Gunnar urma să fie nevoit să se demisioneze. Dar poate că ar fi reușit să tempereze lucrurile căindu-se public și promițând să rezolve problema. Genul acesta de lucruri dădeau bine în fața publicului. În mica Islandă, lumea ierta repede și uita la fel de repede.

Azi am ieșit. A fost o vară neobișnuit de rece, soarele a stat mai mereu ascuns după nori. În ultima vreme, deasupra mea plutesc mereu nori.

În sfârșit am reușit să mă întâlnesc cu doctorul. Mi-a eliminat nenorocitul ăla de tratament și mi-a promis să caute alte variante.

Nu mai putem continua așa, a zis. Apoi a zis – Arăți groaznic.

Are dreptate, bineînțeles. Nici eu nu mi-am dat seama cât de slab am ajuns. Aerul curat o să mă ajute, sper.

Ciudat e că nu și-a amintit să-l fi rugat cineva până azi să mă consulte. Cumva, cred că n-am înțeles bine ce mi-a zis asistenta. Nu mi-a promis de mai multe ori că-l roagă pentru mine să stabilim o consultație? Nu cumva, ce să vezi, a uitat? Ceva se-ntâmplă. Trebuie să aflu ce anume.

34

Încă un deces din Siglufjördur domină știrile dimineții, cu toate că nu se dădeau amănunte sau nume. „O nenorocire, dar nu un mister", se exprimă un specialist. Însă un site de știri urma o cu totul altă pistă, spre surprinderea lui Ari Thór și, din câte se părea, și a lui Tómas. Site-ul scria că Herjólfur fusese implicat într-un caz de corupție în urmă cu zece ani, când mai mulți polițiști fuseseră suspectați pentru luare de mită din partea tradicanților de droguri. Nu se dovedise nimic și dosarul fusese clasat, însă era o informație relevantă pentru cazul de acum.

Ari Thór își aminti de discuția cu Addi și simți un junghi. Vedea cât de simplu – cumplit de simplu – era să depășești limita și simți o urmă de compasiune pentru Herjólfur. Dar el nu avea să cadă în capcană. Trebuia să pună capăt așteptărilor lui Addi cu prima ocazie, să-i dea foarte clar de înțeles care era poziția lui. Dacă Addi credea că încheiase un pact comod cu poliția, îl aștepta o surpriză.

– Pute, băiete. Pute, zise Tómas după ce citi articolul despre Herjólfur. Ne pune într-o postură dificilă. Avem nevoie de sprijinul opiniei publice. Lumea se așteaptă ca polițiștii să fie apărători cinstiți ai legii și ordinii, să fie prietenii și ocrotitorii tuturor. Bineînțeles că uneori câte unul mai calcă strâmb, dar sper din suflet ca Herjólfur să nu fi avut nimic pe conștiință.

– Oare..., începu Ari Thór, nehotărât. Oare Herjólfur era implicat în ceva asemănător și aici?

– Să știi că mi-a trecut prin minte, răspunse Tómas. Nu pot să nu mă gândesc că în spatele atacului se ascunde ceva ce o să ne dorim să nu fi aflat vreodată. Poate că e mai bine chiar să nu aflăm deloc.

– Cum adică? Normal că trebuie să aflăm.

– Oare? se întrebă Tómas privind în depărtare. Uneori e mai bine să nu scormonești în gunoi. Oamenii trebuie să-și păstreze încrederea în poliție.

Lui Ari Thór nu-i venea să-și creadă urechilor. Oare Tómas chiar era așa cinic?

– Trebuie să rezolvăm cazul, Tómas. Orice-ar fi.

– Da, probabil ai dreptate, Ari Thór. Sper doar ca, indiferent care-i soluția, să fie una cu care putem trăi.

– Poți verifica acuzațiile de corupție? întrebă Ari Thór. Oamenii tăi de la Reykjavík știu ceva despre ele?

– Cred că da.

Era aproape ora prânzului. Îi luaseră declarația lui Gunnar în timpul nopții, iar Elín dăduse propria declarație dimineața devreme. Bineînțeles, amândoi erau suspecți în cazul Herjólfur, cu toate că nu existau dovezi concludente ale vinovăției lor. Amândoi susțineau că în noaptea atacului erau fiecare la casa lui și dormeau – nu că afirmațiile lor ar fi reprezentat un alibi.

Interesul ziariștilor creștea exponențial. Orașul se umplea de care de reportaj. În mod neobișnuit pentru perioada aceea din an, condițiile de călătorie erau rezonabile, ispitindu-i pe mulți să vină în nord. Traficul din Siglufjördur era neobișnuit de intens și întreg orașul fusese luat cu asalt de un număr neașteptat de vizitatori veniți de prin împrejurimi, mulți dintre ei nerăbdători să simtă atmosfera de mister.

Ari Thór n-o mai văzuse pe Kristín din ziua precedentă. Plecase devreme la lucru și, pe drum, îl lăsase pe Stefnir la bonă. Urma să lucreze până seara târziu, o aștepta un schimb lung. Trebuia să-l ia pe Stefnir înainte de patru, dar bona putea să-l primească din nou în aceeași seară dacă era nevoie.

Ari Thór primise un mesaj de la Jódís, bătrâna care cunoștea trecutul foștilor proprietari ai casei. Îl ruga să treacă pe la ea, ceea ce arăta limpede faptul că are să-i spună ceva important. Hotărî că informațiile ei nu erau o prioritate imediată, însă își stabili o întâlnire cu ea mai târziu în aceeași zi. Avea de gând să-l ia și pe Stefnir când mergea la ea. Încă spera că poate să găsească explicația pentru moartea lui Herjólfur undeva printre tainele vechi care învăluiau casa.

– Să-l aducem pe Addi la secție?

– Pe Addi? Pentru ce, Doamne iartă-mă? întrebă Tómas uluit.

Ari Thór înghiți în sec.

– Păi, după noutățile despre Herjólfur... Poate merită să vedem dacă a fost implicat în ceva dubios și aici.

– Nu începem o anchetă pe baza unor vorbe în vânt, răspunse Tómas glacial.

Ari Thór știa că Tómas are dreptate, dar încercă din nou, de astă dată dintr-o altă direcție.

– Addi ne-a dat informații despre Elín, deci e limpede că e implicat până-n gât în chestia asta. N-a prea încercat să se dea după deget când am vorbit azi-noapte. Trebuie să fie ceva mai mult la mijloc.

Tómas ezită.

– Nu mă îndoiesc... dar oare ne va duce undeva? Din câte-mi dau seama, Addi ne-a fost de mare ajutor. Pontul despre Elín a fost la fix.

– Hai să-l chemăm oricum, insistă Ari Thór. Doar nu vrem să creadă că are parte de tratament preferențial.

– Păi, cum vrei. Sună-l și zi-i să treacă pe-aici.

– Cred că am obține rezultatul dorit dacă l-am lua noi cu mașina.

Tómas clătină din cap și nu zise nimic.

*

Addi stătea vizavi de Ari Thór și Tómas la secție, sigur pe sine dar vădit nemulțumit că fusese luat pe sus în văzul lumii. Pe față i se citea doar furie, le răspundea monosilabic, iar uneori refuza să răspundă cu desăvârșire.

– E posibil ca Herjólfur să fi fost implicat în afacerile cu droguri din oraș? întrebă Ari Thór.

Addi dădu din umeri.

Ari Thór repetă întrebarea pe un ton mai ferm.

– Ce știi despre asta, Addi? E posibil?

Addi dădu din umeri a doua oară.

– Cât de implicat ești în afacerile care se desfășoară la locul în care a fost împușcat?

Addi se încăpățână să tacă.

Ari Thór începea să-și piardă răbdarea. Toleranța lui se erodase din pricina zilelor de lucru lungi, a oboselii și a anchetei tot mai complexe, precum și din cauza tensiunii de acasă.

– E bine? Ai de gând să răspunzi?

Addi se întinse în scaun, înălță capul și vorbi cu obișnuitul său glas răgușit și impertinent:

– Nu pot să cred că m-ați cărăbănit aici ca pe-un găinar oarecare. Am stat la zdup, mersi frumos. N-am făcut nimic și clar n-am avut nicio legătură cu atacul. Poate că am cazier, dar n-am făcut pârnaie pentru că am fost violent. Tu știi asta, Tómas, nu-i așa?

Tómas nu comentă, însă expresia de pe fața lui îi confirma spusele lui Addi.

– Eu m-am dat de ceasu' morții să v-ajut, mi-am pus capul pe butuc că am ajutat gabori, și voi ce faceți? Mă arestați! Nu m-aveți cu nimic la mână, cu absolut nimic!

– Potolește-te, Addi. Nu te-a arestat nimeni, îl asigură Tómas.

– Am mai fost arestat și știu cum merg treburile, replică Addi. Părea mai calm, însă furia nu-l părăsise de tot.

– Nu uit un tratament de genul ăsta prea repede, zise el încet, cu o notă evident amenințătoare în glas.

Ari Thór simți un fior pe șira spinării când Addi se uită urât la el pe deasupra mesei din sala de interogatorii. Addi nu clipi când se uită în ochii lui Ari Thór, arătându-i limpede că o să se mai întâlnească și că, atunci, Addi avea de gând să iasă în avantaj.

35

Era limpede că bătrâna se bucura de oaspeți. Pe Ari Thór și Stefnir îi aștepta o masă îmbelșugată. Își zise că, probabil, pe fața de masă albă ca zăpada fusese aranjată cea mai bună veselă de porțelan pe care o avea în casă. Îi îmbia un adevărat belșug de gogoși răsucite, clătite și tort, toate făcute, fără îndoială, în casă.

– E întotdeauna o plăcere să ai un oaspete neașteptat, zise ea când îl zări pe Stefnir.

Ari Thór nu-i spusese lui Jódís că veneau împreună.

– N-am mulți musafiri. Mulți dintre prietenii mei s-au dus. Acum mai am doar câteva cunoștințe, de exemplu cei de la biserică.

Ari Thór rămase în picioare în sufragerie, ținându-și fiul în brațe. Jódís locuia într-un mic apartament de la etajul unei case care părea să fi fost construită în anii '70. Se așteptase să o descopere într-una dintre casele vechi, poate ridicată de părinții ei sau chiar de bunici – doar era din Siglufjördur până-n măduva oaselor, cum spusese și Tómas, adăugând că familia ei era acolo de secole.

– Dumnezeule, ia loc, se agită ea. Doar n-o să te pun să stai acolo toată ziua. Așa se-ntâmplă când mă iau cu vorba.

– E-n regulă, îi spuse Ari Thór și se așeză la masă. E minunat ce-ai pregătit. Sper că nu te-ai chinuit atât doar pentru noi.

– Ei, mereu am ceva la cuptor. E unul dintre lucrurile pe care încă le mai pot face și, de multe ori, duc ceva dulce și la cafeaua de la biserică. Nu mai pot să citesc ca odinioară și-mi ocup timpul făcând prăjituri. Din fericire, știu toate rețele pe de rost.

Îi făcu cu ochiul lui Stefnir.

– Se întâmplă cumva să ai un scaun înalt pentru băiat? întrebă Ari Thór și se uită în jur, știind că probabil n-avea rost să-și pună această problemă.

– Mă tem că nu, dragă. Mă tem că nu. Nu m-am căsătorit și n-am copii. Fratele meu, Jónmundur, a avut un fiu, dar acesta a crescut de mult și s-a mutat în sud, la Reykjavík. El nu vine în vizită cu nepoții mei. A trecut mult timp de când m-a vizitat vreun micuț.

Preț de o clipă se întristă, însă zâmbetul obișnuit îi înflori din nou pe chip.

– Nicio grijă, zise Ari Thór. Poate să stea cu mine.

Stefnir era de obicei liniștit când stătea în brațele tatălui său. Ari Thór se uită cu luare aminte la Jódís. Nu voia s-o supere.

– Sper că nu ți-am trezit amintiri neplăcute cu întrebările de ieri.

– Servește-te, spuse ea în loc de răspuns.

Ari Thór își turnă lapte din cutia deschisă și luă o felie de tort.

– Mă tem că nu te pot ajuta prea mult nici cu sărmanul Herjólfur, zise ea și mușcă puțin dintr-o gogoașă. Nu știu cine l-a împușcat și mă îndoiesc că Baldur s-a întors din mormânt ca să ucidă un polițist.

– Și mie mi se pare puțin probabil, zise Ari Thór.

Tortul era foarte bun. Bătrâna se pricepea.

– Cum ți se pare Siglufjördur? întrebă ea. Ești aici de câțiva ani, dacă-mi amintesc bine.

Într-un oraș mic, un polițist e un fel de bun public.

Ari Thór îi mai răspunse la câteva curiozități, întrebări amabile pe care le răsplăti cu răspunsuri politicoase. Îi dădea impresia că-l invitase doar de dragul companiei. Începu să-și piardă răbdarea, iar Jódís observă acest lucru.

– Probabil te întrebi de ce te-am chemat aici, zise ea, confirmând că invitația avusese, totuși, un motiv.

– Da..., răspunse Ari Thór cu gura plină de tort.

Jódís așteptă în tăcere, poate vrând să prindă momentul potrivit.

El se uită prin sufrageria mică. Era un apartament simplu, cu foarte puține decorațiuni și mobilat sărăcăcios. Nici urmă de obiecte neprețuite lăsate moștenire în familie sau de tablouri pe pereți. Pe bufet era o fotografie, portretul alb-negru al unui tânăr la costum, cu părul pieptănat spre spate.

Ari Thór rupse tăcerea:

– E fratele tău? Jónmundur?

Din nou liniște.

– E Börkur... a fost Börkur.

– Unul dintre gemeni?

– Da.

Era o surpriză pentru Ari Thór. Se întrebă de ce are la vedere o fotografie a lui Börkur.

– Cel care a trăit mai mult? întrebă el stângaci.

– Da, da. A avut o viață mai lungă, zise ea. Dar n-a mai fost el însuși după moartea lui Baldur, l-a afectat enorm.

– Și-a omorât fratele? întrebă Ari Thór fără să ezite.

– Nu, nu l-a omorât, răspunse Jódís și rămase tăcută mult timp. Ne iubeam, spuse în cele din urmă.

Ari Thór rămase năuc, dar insistă:

– Tu și Börkur?

– Da, exact. Börkur și cu mine.

– Dar a trăit singur?

– A trăit de unul singur, așa e. Nu s-a mai întâmplat nimic între noi. Totul s-a schimbat după moartea lui Baldur.

În glas i se strecurase o notă de disperare, parcă regreta toate prilejurile pe care le pierduse de-a lungul timpului.

– Am păstrat fotografia lui Börkur și am înrămat-o acum câțiva ani. Nu pot mereu să înfrunt trecutul, așa că uneori o pun în dulăpiorul din bucătărie. Dar azi e aici. Am scos-o înainte să vii tu. Bineînțeles că mă doare să-mi amintesc totul dar, fie vorba între noi, cred că e mai bine. Și a venit momentul ca adevărul să iasă la lumina zilei după toți anii ăștia.

Făcu o pauză.

– Cred că o să fie o ușurare să-ți spun povestea. Și mai ești și polițist, ești tânăr, reprezinți autoritățile. Deci acum e momentul ideal.

– Și care e adevărul? întrebă Ari Thór, încercând să-și țină curiozitatea în frâu.

– Adevărul este, dragul meu, că trebuie să mărturisesc ceva. Trebuie să mărturisesc că sunt vinovată de moartea unui om.

Pe Ari Thór îl luă complet prin surprindere.

– De moartea lui Baldur? reuși el să întrebe, alegându-și cuvintele cu grijă.

Nu spusese nimic despre vreo crimă, iar el nu voia să folosească acest cuvânt. Probabil că la mijloc era altceva.

– Da, dragule. Așa e.

– Tu l-ai împins de la balcon?

– Nu-i așa de simplu, zise ea și făcu o scurtă pauză. Știi, mă bucur foarte tare că nu mai trebuie să duc povara asta în spate de una singură. Am păstrat secretul prea mult timp. Mărturisirea înseamnă ușurare, indiferent ce urmează după.

– Ce s-a întâmplat?

– A încercat să mă păcălească, zise ea. În întuneric. Baldur a sunat și m-a invitat pe la ei, spunându-mi că și Börkur era acolo. Știa că suntem apropiați. Am apărut seara târziu. El era la etaj, pe balcon. În întuneric m-a păcălit o vreme, așa cum ți-am zis, și am crezut că Baldur era fratele lui geamăn. Era vara târziu, aproape de începutul toamnei. Afară era cald, dar se întunecase deja. Când mi-am dat seama ce se-ntâmplă, m-am luptat cu toate puterile. Nu voia să-mi dea drumul. Cumva am găsit încă un dram de energie, nu știu de unde, și am reușit să-l împing. Și...

Glasul ei se dizolvă în tăcere, parcă și-ar fi înghițit cuvintele. Nu era nevoie să mai spună nimic.

– Cum rămâne cu Börkur și fratele tău? Ei ce rol au avut? întrebă Ari Thór după un scurt moment de tăcere.

– Börkur și Jónmundur nu erau acolo.

– Poftim? Nu s-a dat o petrecre în seara aia? Am înțeles totul anapoda? Mi s-a spus că toți trei erau acolo.

– Da, asta a fost povestea pe care am hotărât s-o spunem, povestea pe care am născocit-o împreună, pe care au născocit-o *ei*. Baldur am murit când a căzut. Aveam de gând să mă denunț singură la poliție, dar mai întâi voiam să-l găsesc pe fratele meu. Nu eram în stare să merg singură. El l-a adus pe Börkur și s-au opus amândoi. Au refuzat să-l lase pe Baldur să-mi distrugă viața. Toți trei știam că Baldur era... Mă rog, nu semăna deloc cu Börkur. Avea o parte întunecată. Frații ăștia, gemenii, erau cum nu se poate mai diferiți, chiar dacă semănau ca două picături. Nu cred că Börkur l-a jelit pe fratele lui, chiar dacă i-a fost dor de el. Însă, bineînțeles, după asta eu și Börkur n-am reușit niciodată să aprindem din nou flacăra dintre noi. Minciunile care ne-au adus împreună ne-au și despărțit.

Oftă și se ridică.

– Vrei să vin la secție să dau o declarație oficială? Accept orice pedeapsă. A venit momentul.

Ari Thór o credea – n-avea niciun motiv să se îndoiască de ce-i spusese. În același timp, o compătimea profund. Purtase taina cu ea vreme de zeci de ani, în mare parte a timpului de una singură, sprijinită de puțini prieteni, locuind într-un apartament modest. Nicio secundă nu-i trecu prin minte să-i facă viața mai grea decât era deja.

– Nu văd niciun motiv. O să întocmesc eu un raport, spuse el, cu toată că n-avea de gând s-o facă. Nu anchetăm cazuri care s-au petrecut cu atât de mult timp în urmă. N-ai de ce să-ți faci griji.

– Poftim? Ești sigur? întrebă ea surprinsă, cu ochii mari.

– Foarte sigur, zise el și zâmbi.

Era mulțumit în sinea lui că izbutise s-o liniștească pe bătrână, dar nu reușea să nu compare situația ei cu cea prin care trecea Elín. Oare viceprimarul din Siglufjördur avea să fie acuzat de omor din culpă sau chiar de crimă, chiar având circumtanțele atenuante ale anilor în care fusese supusă terorii și violențelor?

Nu știu de ce încă mai scriu sau de ce n-am distrus caietul ăsta.

Încă tremur puțin, sunt furios și speriat. O combinație periculoasă.

Am hotărât să vorbesc cu asistenta și să aflu de câte ori a încercat să-l convingă pe doctor să mă consulte. Am suferit în fiecare zi din cauza medicamentelor ăstora și am avut încredere în ea să mă ajute.

N-am reușit până azi, mi-a zis.

M-a mințit. De mai multe ori.

I-am zis care-i părerea mea.

S-a purtat cu mine ca și cu un copil.

Am zis eu asta? Ți-am promis așa ceva?

Era gata să plece, dar am prins-o. Nu violent, dar suficient de ferm cât să se oprească.

Voiam s-o întreb ceva, să-i spun din nou care-i părerea mea despre cum m-a dezamăgit, s-o întreb de ce a făcut-o.

Apoi s-a răstit la mine: am douășișapte de ani.

A durat o clipă să pricep. Douășișapte, da.

I-am dat dat drumul și ea a alergat la mine în cameră, a deschis caietul și a citit cu voce tare tot ce am scris despre ea.

„Poate că în jur de patruzeci. E ușor plinuță la față – prea mult vin roșu și prea multe fripturi de-a lungul timpului. Are ochii obosiți și nu zâmbește niciodată. Nu suport oamenii care nu zâmbesc."

Iar pasajul ăsta era dintre cele civilizate.

Jigodia s-a strecurat la mine-n cameră și mi-a citit jurnalul, poate că în fiecare zi.

N-o să las asta să mă îngrijoreze. O să scriu mai departe, dar o să am grijă să nu mai las caietul pe unde-apuc și o să dorm cu el sub pernă.

Da, puteam s-o atac dacă voiam. Dar n-am făcut-o. De data asta m-am controlat.

Trebuie să fie un semn de îmbunătățire.

36

N-am făcut pârnaie pentru că am fost violent.

Asta le spusese polițiștilor și, până la un punct, era adevărat. Addi își vârâse nasul în multe ilegalități, însă avusese întotdeauna grijă să aibă un oarecare respecte pentru concetățenii săi.

Se mai încăierase cu unii și cu alții din când în când, dar rareori îi făcuse cuiva rău fără să fie provocat. Însă de amenințări se folosea cu iscusință și aruncase destule.

Era bătrân acum, puțin probabil să-și mai schimbe obiceiurile, chiar dacă vedea negru în fața ochilor din cauza tinerelului ăluia cu caș la gură, Ari Thór. Aveau o înțelegere, informații în schimbul spațiului de manevră, dar gaborul se sucise imediat și-l târâse la secție ca pe un găinar.

Când părăsi secția de poliție, Addi nu se gândea decât cum să-și ia revanșa. Voia să se răzbune pe Ari Thór sub o formă sau alta, să-l trântească înapoi cu picioarele pe pământ. Era foarte probabil ca Ari Thór să devină inspector în următoarele câteva săptămâni și nici nu se punea problema ca el, Addi, să-l lase să umble țanțoș după ce se purtase în felul acela. Știa că trebuie să găsească echilibrul de putere dintre ei.

Însă violența nu-l atrăgea. Nimeni nu-l putea acuza de asta.

Se duse direct acasă la Ari Thór, bătu cu pumnul în ușă și așteptă. Voia s-o sperie pe fătucă.

Nu părea să fie nimeni acasă. O clipă îi trecu prin minte să spargă ușa și să distrugă câte ceva înăuntru, destul cât să fie chit după ce tânărul polițist îl trăsese pe sfoară. Oftă. Era prea bătrân ca să-l mai țină curelele la așa ceva și n-avea rost să atragă atenția asupra lui. În orășelul acela rareori se dădeau spargeri și voia ca situația să nu se schimbe. Absența infracțiunilor care săreau în ochi le crea oamenilor un fals sentiment de siguranță care era pe placul tuturor.

Hotărî să dea o fugă până la Akureyri. Știa câte ceva despre Ari Thór, cel puțin lucrurile importante. De exemplu, că soția lui – sau iubita sau ce era ea – lucrează la spitalul din Akureyri. Era foarte potrivit să-i facă o vizită acolo. Dacă nu era acasă cu copilul, nu putea să fie decât la muncă.

Nici nu simți drumul de o oră până la Akureyri. După furtuna din timpul nopții, vântul se domolise, făcând loc unei zile luminoase de iarnă.

Așteptă neplăcut de mult la spital înainte să ajungă la recepție. Era aglomerat și nu era multă lume de serviciu – în vremurile acelea de austeritate se făceau tăieri până la os în toate domeniile.

Întrebă de Kristín.

– Nu vorbește direct cu pacienții. Ați discutat cu medicul de familie? întrebă femeia cu un glas lipsit de expresivitate sau emoție.

Între timp, îl studie din cap până-n picioare, parcă vrând să-și dea seama ce-l supăra.

– Nu, m-ați înțeles greșit, spuse el pe tonul cel mai politicos din lume, sunt unchiul ei. Trebuia să ne întâlnim aici când iese din tură.

– Ah, iertați-mă. Stați să văd..., se scuză femeia punându-și o pereche de ochelari pe nas și uitându-se la ecranul computerului din fața ei.

Brusc devenise mai vioaie, de parcă faptul că vorbea cu altcineva decât cu un pacient ar fi scos-o din rutina de până atunci.

– Da, Kristín mai lucrează încă o oră.

– Ah, spuse el și se uită la ceas. Înseamnă că am înțeles greșit când trebuia să ne întâlnim.

– Mi se-ntâmplă și mie tot timpul, spuse femeia și zâmbi. Puteți să așteptați aici. De obicei trece pe-aici când pleacă, pe ușa de-acolo, îi arătă ea.

– Bine, aşa o să fac. Nu merită să plec şi să mă-ntorc. Ştii, locuiesc undeva spre est.

O mai văzuse pe Kristín și era sigur că o s-o recunoască. Reținuse dintotdeauna chipurile oamenilor, o aptitudine care-i fusese de folos în domeniul lui. Se aşeză şi aşteptă. Nu se simţise niciodată în largul lui în spitale, iar atunci nu era o excepție.

După o oră de aşteptare, zări cum se apropie o tânără. Da, era KristÍn. Însă fu surprins să vadă că alături de ea merge un bărbat, probabil mai în vârstă cu câțiva ani. Păreau apropiați. Dacă n-ar fi știut, ar fi zis că sunt împreună. Nu cumva...? Dar ce altceva putea fi?

Se strecură afară înaintea lor și înainte ca recepționista s-o anunțe că o aștepta „unchiul" ei.

Addi sperase să poată sta puțin de vorbă cu ea între patru ochi. Nu voia să-i facă vreun rău, doar s-o sperie nițel, să arunce câteva amenințări vagi. Știa din proprie experiență că atât era de-ajuns ca să bage frica-n oameni – mai ales în niște oameni obișnuiți, cu slujbe normale, care atunci când nu erau la muncă se relaxau alături de familiile lor.

Kristín și bărbatul porniră spre centru. Nu era nici urmă de vânt care să scuture ultimele câteva frunze din copaci, iar luciul apei din fiord era neted ca o oglindă în care se reflectau luminile orașului.

Addi se grăbi să-i prindă din urmă. Trebuia să stea de vorbă doar cu Kristín, dar bărbatul nu dădea semne că ar fi urmat să plece prea curând de lângă ea. În cele din urmă se făcură nevăzuți într-un restaurant – unul scump, observă Addi, și, pe deasupra, destul de romantic. Addi merse pe urmele lor și se așeză la o masă apropiată. Nu dură mult să-și dea seama că, de fapt, nici nu trebuia să stea de vorbă cu ea. Poate că era de-ajuns doar să le facă o poză – să-i dea peste nas obraznicului de Ari Thór. O tactică simplă, dar eficientă. Urma să-l convingă pe Ari Thór că un *gentleman* se ține de cuvânt.

37

Când Ari Thór ajunse la secție în seara aceea, după ce-l lăsă pe Stefnir la bonă, îl găsi pe Tómas vorbind cu Ottó, consilierul.

Ottó se ridică atunci când îl văzu pe Ari Thór și întinse mâna.

– Bună seara, Ari Thór, zise el pe un ton politicos, dar cu o expresie care sugera cu totul altceva.

Venise ca să-și exprime dezamăgirea.

– A dat foarte prost, pentru noi toți, spuse fără vreo altă explicație.

– Mă bucur că te-am văzut, Ottó, răspunse Tómas, lăsând să se înțeleagă limpede că vizita se încheiase.

Se întoarse spre Ari Thór.

– Ce bine c-ai venit. Trebuie să discutăm niște lucruri.

– Tocmai îi spuneam lui Tómas, insistă Ottó, că prietenul nostru Gunnar e terminat. Tómas n-a vrut să confirme nimic, dar mai auzi câte ceva când umblă vorba prin oraș. Dacă se dovedește că Gunnar e implicat câtuși de puțin în vreo afacere cu narcotice, atunci trebuie să scăpăm de el. E circul dracului. Numai belele. Habar n-am pe cine o să găsim să-l înlocuiască mai ales că, în ciuda poveștii ăsteia, eram mulțumiți de el.

Ottó oftă, cu o expresie supărată, aproape bosumflată pe chip.

– Bineînțeles, *voi* n-ați putut să-l lăsați în pace, adăugă el mai mult pentru sine decât pentru ei, însă mesajul era limpede oricum.

Pe Ari Thór îl iritau acuzele acelea voalate. Știa că uneori pune întrebări pe care mai bine nu le-ar fi rostit. Mai știa și că era mai probabil ca acest lucru să se întâmple când lăsa ceva să-l scoată din sărite.

– Ottó, îl știi pe profesorul de istorie de la colegiu?

– Profesorul de istorie? Adică Ingólfur?

– Chiar el, confirmă Ari Thór.

– Da, bineînțeles. Ne cunoaștem. Ce-i cu el?

– Pușca lui încă n-a fost găsită.

– Serios? De-asta ați fost la el? Am auzit că i-ați făcut o vizită, chiar mă întrebam de ce.

– Bănuim că a fost folosită în atacul asupra lui Herjólfur, spuse Ari Thór sec. Mai bine zis, la înfăptuirea *crimei*, adăugă el, așteptând răspunsul lui Ottó.

– Doar nu credeți că Ingólfur e implicat! exclamă uluit Ottó.

– Ai văzut pușca?

– Cum aș putea să răspund la așa ceva? se răsti el.

– Nu de mult ai fost la el la cină.

– Și ce legătură are?

– Ați văzut cu toții arma, nu-i așa?

– Păi da, așa cred, era acolo, la vedere, răspunse Ottó îmbufnat. Uitasem.

N-avea stare, era limpede că nu voia să fie atras în anchetă.

– Dacă mai aveți lucruri de discutat, v-aș fi recunoscător dacă am vorbi mai târziu. Mă grăbesc.

– Bine, spuse Tómas.

Părea stors și avea niște cearcăne uriașe.

– Ce voia? întrebă Ari Thór după ce Ottó își făcu ieșirea în grabă.

– Ei, voia să ne tragă de limbă. Încearcă să hotărască dacă să-și apere sau nu primarul când se sparge buba. Ottó e genul care se gândește înainte să aleagă o tabără sau alta și cu siguranță nu se lasă condus de sentimentalisme.

Tómas făcu o pauză înainte să vorbească din nou, pe un ton mai ferm.

– Stai jos, băiete. Spune-mi, ai aflat ceva util de la Jódís? Ce voia?

Ari Thór îi povestise despre discuția cu Jódís de la biserică și faptul că-l invitase la ea.

– Nimic, răspunse Ari Thór îndepărtând un fir invizibil de praf de pe mâneca hainei ca să-i evite privirea lui Tómas. E singură și i-am căzut victimă. Am lăsat-o să pălăvrăgească despre cum era pe vremuri, despre fratele ei și tot restul, dar nu mi-a spus nimic relevant. Nimic de-acolo n-are vreo legătură cu Herjólfur.

Nu simți nici cea mai mică urmă de vină pentru minciuna pe care o spusese.

– Sincer să fiu, nici nu mă așteptam să afli ceva, zise Tómas. Dar, vorba aceea, trebuie răscolit peste tot.

Ari Thór încuviință.

– Chestia asta cu Elín și fostul ei iubit, reluă Tómas. Nu ne mai ocupăm noi de caz. O să ajungă la procuror, dar mă îndoiesc că o să fie acuzată de ceva. A fost legitimă apărare în circumstanțe extreme, atât și nimic altceva.

– Nu ne mai ocupăm de caz?

Ari Thór era uluit.

– Nu trebuie să facem un raport?

– M-am ocupat deja. Sper că nu te deranjează. Sunt atâtea de făcut că mi s-a părut mai bine să scăpăm de asta.

Dar pe Ari Thór îl deranja. De fapt, era extrem de furios că Tómas prelua controlul în asemenea măsură. În sens strict, cazul Valberg era al lui Ari Thór, nu al lui Tómas. El fusese trimis în nord ca să se ocupe de ancheta în legătură cu moartea lui Herjólfur, iar între cele două cazuri nu exista nicio legătură, în afară de Elín și de faptul că interesul presei pentru Herjólfur îl ajutase pe Valberg să dea de urma femeii.

Hotărî să lase lucrurile cum erau, deocamdată, cel puțin, și încuviință din cap. Nu putea decât să creadă că lui Tómas îi lipsea vechiul post de inspector din Siglufjördur. *Oare îndeajuns de mult încât să-și depună din nou candidatura?*

– Am vorbit și cu colegii mei din sud, zise Tómas, iar lui Ari Thór îi atrase atenția modul în care se exprimase – nu „de acasă", ci „din sud".

– Sunt convinși că Herjólfur n-are nicio legătură cu acuzația aia de corupție. Sunt siguri că nu e... pardon, *n-a fost* necinstit. Dimpotrivă, îi păsa foarte mult de onoarea poliției, la fel ca tatălui său. Amândoi au fost polițai get-beget, cinstiți, severi și hotărâți. Niciunul dintre ei nu s-ar fi lăsat târât... implicat... în ceva dubios.

– Chiar și așa, o asemenea acuzație nu se uită, spuse Ari Thór.

– Nu, nu, ai dreptate. Sămânța îndoielii și tot restul. Acum umblă vorba că a fost împușcat pentru că umbla într-o companie suspectă, că și-a căutat-o cu lumânarea. E important să-i protejăm reputația, acum, că nu mai poate să se apere singur.

Ari Thór nu era complet de acord, dar n-avea dispoziția să se certe cu Tómas.

– Are... *avea* familie. Soția și copiii ar trebui să-i apere reputația, spuse Ari Thór.

Tómas nu zise nimic – era felul lui de a răspunde ori de câte ori nu era de acord cu tânărul.

– Că veni vorba de familie, spuse Tómas, băiatul se întoarce diseară la Siglufjördur ca să ia niște lucruri pentru mama lui. Nu cred că e vreo problemă. Am luat la mână tot, inclusiv hârtiile lui Herjólfur, nu-i niciun secret ascuns acolo. I-am spus băiatului că poate să ia orice are nevoie și că poate să stea în casă. Văduva mi-a zis că ea nu mai calcă pe-aici, de-asta l-a trimis pe el. Îl înmormântează la Reykjavík și fac pregătirile acolo. Și, de parcă n-ar fi de-ajuns, are piciorul rupt.

– Are piciorul rupt? Cine?

– Helena. Soția lui Herjólfur.

– Ce? S-a întâmplat de curând? Când am vorbit ieri cu ea n-avea nimic, zise Ari Thór aducându-și aminte că, la ultima lor vizită, amintindu-și că ea nu se ridicase de pe canapea nici măcar o dată.

– S-a accidentat la schi acum ceva timp, așa am înțeles. A crezut că nu-i grav și că o să se vindece repede, dar acum se pare că, de fapt, piciorul e rupt.

– Bine, zise Ari Thór cu mintea aiurea.

Se întreba, nu pentru prima oară, cum suporta băiatul pierderea tatălui și dacă își dăduse seama cât de dur era să-l piardă la o vârstă atât de fragedă.

– Am trecut și pe la Elín mai devreme, zise Tómas. E în concediu medical. Sper doar că gazetarilor o să le fie milă de ea. Dar, una peste alta, se simte bine.

– Tu îi crezi? întrebă Ari Thór.

– Cum adică?

– Că nu știu nimic despre moartea lui Herjólfur? Acum știm că Gunnar avea multe de pierdut – reputația, slujba...

– Tind să cred că spun adevărul... Elín, cel puțin, zise Tómas. Sper sincer să fie nevinovată. Nu doar pentru că a suferit de pe urma individului ăluia, Valberg, ci pentru că trebuie să trăiască cu gândul că l-a ucis ca să-și salveze viața.

– Dar hai să spunem, de dragul discuției, că l-a ucis într-adevăr pe Herjólfur. Asta n-ar pune și moartea lui Valberg într-o altă lumină? întrebă Ari Thór.

– Adică să fi plănuit să-l omoare? Fii serios...

– N-ar trebui să eliminăm posibilitatea!

Amândoi tăcură câteva clipe.

– E multă presiune pe noi, spuse Tómas. Trebuie să găsim soluția corectă.

– Asta nu-i nimic nou, comentă Ari Thór, simțind brusc un val inexplicabil de optimism.

Avea impresia că, dacă ar fi reușit să-și dea seama cum se potriveau toate piesele misterului, ar fi găsit soluția. Dintr-un motiv inexplicabil, se tot gândea la Valberg.

Mâine mă duc acasă. Noul tratament e mult mai eficient și mă simt mult mai bine. Cred. O să-mi facă bine să plec din locul ăsta, dar am emoții. Nu-mi doresc din cale-afară să merg acasă. Sunt sigur că timpul s-a oprit cât am fost plecat.

Doctorul spune că am început un nou capitol.

Dar nu știe, de fapt, nimic. Nu știe de ce eu și Hanna ne-am despărțit așa de brusc și cu atâtea resentimente.

Practic ne mutaserăm împreună și într-o seară când am venit acasă la ea, acasă la noi, eram obosit, mă enervaseră ai mei, ca întotdeauna, și eram furios.

Mi-a zis ceva. Nici nu mai țin minte ce. Nu mai contează, dar am văzut roșu în fața ochilor. Nu știu ce m-a apucat, dar am lovit-o. Nu la fel de tare ca Tata, dar tare, oricum.

Întâi a rămas năucă. Apoi am văzut că începe să simtă durerea, iar furia m-a părăsit pe loc. Totul s-a întâmplat foarte repede. De-atunci n-am mai vorbit. M-am mutat înapoi la ai mei și m-am închis în casă zile întregi. Nu-mi venea să cred ce făcusem. Nu-mi venea să cred că o făcusem.

Parcă aș fi fost infectat cu ceva malefic, cu o boală incurabilă. N-aveam cum să scap de ea. Așa m-am simțit atunci și încă mă mai simt așa uneori. Din când în când sper la un viitor mai luminos, sper că voi reuși să ies cumva la liman.

Tata a venit ieri. Mi-a zis că e momentul să vin acasă. Evident, vorbise cu doctorul meu sau cu altcineva important de-aici pentru că știa totul despre tratament. Apoi mi-a zis să nu-mi fac griji, că perioada asta petrecută la spital o să fie ștearsă din orice document oficial. Cu alte cuvinte, trecută sub tăcere. Dosarul meu o să fie impecabil, așa s-a exprimat. Cariera mea n-o să fie afectată. Bineînțeles că încă n-am o carieră, dar știm amândoi ce planuri are pentru mine. Poate că vrea să elimine orice mărturie a zilelor acelora întunecate, în folosul lui dar și ca să păstreze întreagă reputația familiei. E o umilință pe care n-ar putea s-o suporte.

Asistenta a venit să mă conducă la plecare. A fost neobişnuit de caldă, aproape jenată. Ştim amândoi că a întrecut măsura, dar n-o să fac nimic în direcţia asta. Oricum, Tata n-ar fi de acord, ar atrage prea multă atenţie. Cineva cu relaţiile tatei poate face să dispară orice urmă a faptului că am fost aici, dar rămân oameni care o să mă ţină minte, mai ales asistenta aia. Şi nu e ca şi cum aş avea un nume atât de comun.

Herjólfur.

38

Kristín îi găsi pe Ari Thór și fiul lor dormind când se întoarse acasă târziu în seara aceea. Nu voia să-i deranjeze. Ari Thór se odihnise foarte puțin în ultimele câteva zile și încă se lupta cu ultimele zvâcniri ale gripei.

Cina de la Akureyri nu mersese bine. Se întrebă la ce se așteptase, de fapt. Oare era numai o încercare superficială de a-și înșela soțul, fără a duce lucrurile prea departe, ca să i-o plătească pentru rătăcirea lui cu Ugla din urmă cu mulți ani? Sau poate ca să-i facă un duș rece, să observe că exista și ea și că era nevoie de mai mult din partea lui ca relația să funcționeze? Răzbunările meschine nu erau stilul ei, de fapt, iar seara aceea fusese o greșeală.

Până și mâncarea fusese proastă și acum îi era foame. Poate că sentimentul vinovăției îi afectase papilele gustative. Își făcu o gustare din ce găsi prin frigider. Nici compania nu se ridicase la așteptările ei. Așteptarea cinei cu bărbatul chipeș o entuziasmase mai tare decât întâlnirea în sine. Descoperise că aveau în comun mai puține decât spera, iar imaginea lui Ari Thór îi stăruise tot timpul în minte. Era nevoită să admită că judecase extrem de greșit situația. Pedeapsa ei, din fericire singura, era să lucreze în continuare cu bărbatul acela și să îndure nenumărate momente stânjenitoare.

Ari Thór se trezi când ea se strecură în pat. O întoarse cu fața spre el, o sărută și o mângâie pe obraz.

– Ai avut o zi grea? întrebă.

– Cam da, răspunse ea cutremurându-se la minciuna rostită și la gândul că trebuia să păstreze impresia că lucrase până seara târziu. Ție cum ți-a mers?

– N-a fost ușor. Sigur am trecut cu vederea ceva esențial în cazul ăsta, ceva care să explice totul...

Se ridică în capul oaselor și își verifică din obișnuință telefonul.

– Hmmm, mormăi. Mă duc până jos să intru pe computer, scuze. Am primit un mesaj de la un tip, de fapt de la un infractor din oraș, mi-a trimis niște poze. N-am nicio clipă de liniște.

– Bine, iubire, spuse Kristín și închise ochii.

*

Era gata să adoarmă când Ari Thór urcă înapoi. De astă dată nu încercă să vorbească în șoaptă, chiar dacă Stefnir dormea tot acolo.

– Poți să-mi explici ce-i asta? îi ceru el cu un glas surprins, îndurerat și furios. Poți să-mi explici ce-i *asta*? repetă el mai tare.

Îi dădu laptopul. Pozele o treziră de-a binelea. Erau mai multe, nu tocmai clare, probabil făcute cu mobilul, dar suficient de limpezi: poze cu întâlnirea ei secretă de la cină.

– Când au fost făcute? Nu erai la serviciu în seara asta?

În clipa aceea își dădu seama că ar fi putut să spună o minciună, dar în același timp că n-o s-o facă. Știa că trebuie să fie complet sinceră și că n-avea cum să scape din situația asta prin tertipuri, nu și dacă avea de gând să salveze relația cu Ari Thór. Iar ea era convinsă că exact asta voia să facă.

– Nu... M-a invitat la cină, răspunse încet.

– La cină? Cine te-a invitat? Tipul din poză? se răsti Ari Thór.

– Da...

– Cine e? Cine-i omu' ăsta?

– Doar un doctor de la Akureyri.

– Doar un doctor? Te-ai culcat cu el?

– Nu, răspunse ea, făcând greșeala să ezite și regretând imediat că nu reacționase mai ferm; *normal că nu* – o replică de genul ăsta ar fi fost mai de impact.

– Suntem doar prieteni, adăugă ea.

– Și-atunci de ce ai zis că ești la muncă?

Vorbea tare și îl trezi pe Stefnir, care începu să plângă.

Ea înghiți din nou în sec. Nu voia să-l mintă, însă adevărul era greu de suportat.

– Eu... ăăă... Știam că o să reacționezi aiurea.

– De ce? Doar pentru că te vezi cu altcineva?

Stefnir plângea tot mai puternic. Kristín se dădu jos din pat și-l luă în brațe, încercând în zadar să-l liniștească.

– Nu, Ari Thór, suntem doar prieteni.

În dormitorul întunecat, cuvintele îi sunară neconvingător până și ei.

– Nu te cred.

Furia din glasul lui părea să fi fost înlocuită de mâhnire.

– Tu și Stefnir puteți să dormiți aici la noapte. Și m-ai mai și pus să-l duc la bonă ca să ieși la cină cu iubitul tău!

Era rănit, supărat profund.

– Îmi pare rău, Ari Thór, zise ea gata să izbucnească în plâns, abia apoi dându-și seama că dacă-și cerea scuze era ca și cum ar fi recunoscut.

El nu zise nimic și dispăru la parter, lăsând-o pe Kristín să înfrunte realitatea tulburătoare în care totul se schimbase. Nimic n-avea să mai fie la fel ca înainte.

39

Ari Thór descoperi la secție un e-mail interesant, un mesaj în copia căruia fusese pus și Tómas. Încă nu era clar cum ajunsese cuțitul în pieptul lui Valberg. Părea puțin probabil „să se fi înfipt singur în cuțit" – mai plauzibilă era varianta în care fusese înjunghiat în timp ce zăcea pe podeaua bucătăriei. Lui Ari Thór nu-i plăcea teoria din urmă. Îi venea greu să accepte că Elín ar fi altceva decât o victimă. Ea era cea pe care o compătimea.

E-mailul avea un scop pur informativ, arătând limpede că ei doi nu o să se mai ocupe de anchetă.

Se chinui să adoarmă pe canapeaua veche de la secție. Oricum ar fi stat, era prea mică. Picioarele îi ieșeau în afară și la cea mai mică mișcare risca să cadă. Cel mai rău îl frământa întâmplarea din seara aceea – cearta cu Kristín și dezamăgirea cumplită pe care o suferise. Da, sigur, și el greșise, dar asta demult, și își primise pedeapsa la vremea respectivă.

Chipul Kristínei, limbajul corpului, tonul și, bineînțeles, felul ei secretos de a fi în ultima vreme indicau ceva mai mult decât o cină nevinovată alături de un coleg. Nu-și putea scoate din minte comportamentul ei din ultima vreme. De cât timp dura relația asta? Era o trădare, îi trădase pe el, pe Stefnir și le trădase familia.

Ce era de făcut acum? Să meargă acasă după o noapte petrecută pe canapea ca și cum nu s-ar fi întâmplat nimic?

Să-i permită lui Addi Gunna, cel care-i trimisese pozele, să-i distrugă familia? Gândul îi întorcea stomacul pe dos, dar era, totuși, vorba despre ceva mai amplu și mai profund. Încrederea construită în mult timp fusese spulberată într-o clipă.

Oare se terminase totul între ei?

*

Pe Ari Thór îl așteptă o noapte lungă. Se perpeli ca un câine, reușind să adoarmă doar în reprize scurte. În intervalele în care era treaz se gândea la Kristín, apoi la moartea lui Herjólfur și din nou la Kristín. Ce spusese Tómas care nu se potrivea? Și de ce Ari Thór încă avea impresia că există o legătură cu Valberg?

Răspunsul îi țâșni din subconștient abia la primele ore ale dimineții, pe când zăcea într-o stare undeva între somn și veghe. Herjólfur îi povestise că el și soția lui nu erau mari amatori de activități în exterior, cum ar fi să schieze. Dar acum, de la Reykjavík înțelegea că soția inspectorului își rupsese un picior pe pârtie. Oare era o invenție? Ce ascundea? Gândul la Valberg îl sâcâia tot mai tare, la fel ca și anul sabatic pe care și-l luase Herjólfur ca să aibă grijă de soția lui cât aceasta fusese bolnavă. *Dar care boală?*

Sever și hotărât, așa îl caracterizase Tómas pe Herjólfur.

Își aminti de povestea lui Tómas despre operațiunea de salvare din valea de la Skardsdalur. *Orice om are și o parte bună, până și Addi,* îi zisese Tómas. *Și toți oamenii au o parte întunecată pe care n-o arată celorlalți,* îl completă Ari Thór în gând.

Când discutaseră despre Valberg, Tómas făcuse observația că nu doar infractorii comit fapte de violență, ci și cei care în aparență se comportă ireproșabil și sunt capi de familie cu slujbe de răspundere.

Își aminti și că pe Helena n-o tulburase prea tare accidentul soțului ei, nici când îi dăduse vestea, nici când se întâlniseră a doua oară. Începuse chiar să-i pregătească înmormântarea înainte ca bărbatul să moară.

Oare spera ca el să nu supraviețuiască?

Când Valberg o atacase pe Elín, în mintea lui Ari Thór încolțise o idee: oare Herjólfur își agresa soția? Asta să fie explicația pentru atmosfera stranie, gravă, din casă? De asta nu dăduseră nicio dovadă de suferință sau tristețe?

Ari Thór se ridică în capul oaselor. Nu mai putea să doarmă.

Cu cât se gândea mai mult, cu atât era mai convins că trebuie să cerceteze varianta aceea.

Însă, indiferent dacă teoria lui se dovedea sau nu adevărată, era clar că atacul asupra lui Herjólfur avea legătură cu afacerile cu droguri pe care le adulmecase fostul inspector – și care, măcar în parte, se desfășurau în casa din care venise împușcătura fatală. Sau nu?

Apoi, Ari Thór își aminti cum aflase de ancheta desfășurată de HerjÓlfur la casa abandonată: de la un membru al familiei care avusese amabilitatea să-l trimită în direcția aceea de la bun început – departe de viața personală a lui Herjólfur.

Nu, fir-ar să fie...

Ari Thór refuza să creadă ce-i spunea rațiunea. Era de neconceput.

De unde ar fi știut unde se afla pușca?

Își dădu seama de răspuns într-o clipită. Normal că persoana știa de pușca lui Ingólfur. Iar dacă Herjólfur era ținta, foarte puțini oameni puteau ști că era de serviciu în noaptea aceea.

Îmbrăcă în grabă haina uniformei și se avântă în dimineața rece, trântind ușa după el, ca să întâlnească un criminal.

Tot nu m-am descotorosit de caietul ăsta. M-am surprins pe mine însumi aducându-l acasă, dar vreau să-l păstrez. A fost o experiență pe care nu trebuie s-o uit niciodată – nemernicia, frica și toate lucrurile care m-au făcut să vreau să-mi iau viața. Încă mi se pare greu de crezut că am dus lucrurile atât de departe, dar încă simt o umbră din deznădejdea care m-a împins într-acolo.

Parcă stau în fața unui zid, un zid de netrecut. N-am cum să-l sar. N-am cum să scap de umbra asta.

40

Ari Thór aștepta în fața ușii care dădea spre subsol. Deja apăsase pe sonerie de două ori.

Orașul era liniștit, noaptea abia începea să se transforme într-o dimineață mușcător de rece. Întunericul părea nesfârșit în perioada aceea a anului.

Sună a treia oară. Nu răspunse nimeni.

Nu mă las eu așa ușor, își zise. Tremură, se zgribuli în bătaia vântului înghețat și se îndreptă spre ușa principală. Apăsă pe sonerie și acolo. Auzi imediat zgomot de mișcare în casă.

Ari Thór stătea în aproximativ același loc ca în urmă cu câteva zile, uitându-se în ochii fiului lui Herjólfur. De astă dată, băiatul părea obosit și buimac. Data trecută, tânărul Herjólfur era serios, iar chipul îi rămăsese ca sculptat în granit când îi povestise despre cercetările pe care tatăl său le făcea în jurul casei vechi.

– Ce s-a întâmplat? întrebă băiatul, vădit surprins.

– Pot să intru? întrebă Ari Thór politicos.

– Știi cât e ceasul? întrebă tânărul Herjólfur și se frecă la ochi. Dormeam, ca toți oamenii normali la ora asta.

Se dădu într-o parte și-l pofti pe Ari Thór înăuntru.

Herjólfur aprinse lumina din sufragerie și-i făcu semn lui Ari Thór să-l urmeze. Sufrageria arăta ca înainte, rece și fără suflet. Nimic nu părea să fi fost atins de data trecută, totul era la locul lui.

Herjólfur se așeză pe canapeaua albă pe care stătuse și mama lui data trecută. Ari Thór rămase din nou în picioare. Urma o discuție serioasă, extrem de serioasă dacă i se confirmau bănuielile. Era mai bine să păstreze lucrurile la un nivel oficial.

– Înțeleg că mama ta și-a rupt piciorul.

– Da, răspunse scurt Herjólfur. Da, și l-a rupt. Întâi au crezut că e entorsă, dar n-a fost așa. Ea a crezut că o să se vindece singur, dar a trebuit să-l pună în ghips.

– Ce s-a întâmplat?

– Păi, ăăă... s-a accidentat la schi.

Glasul îi tremura. Nu era pe cât de relaxat și-ar fi dorit să fie.

– Tatăl tău mi-a zis că nu vă plac activitățile în aer liber. A zis că el și mama ta n-au fost niciodată la schi. Concediile și le-au petrecut doar la oraș.

Băiatul înghiți în sec.

– Așa e. Tatei nu-i prea plăceau chestiile astea.

Herjólfur nu părea să-și dorească să continue în direcția aceea și Ari Thór nu insistă.

– Să înțeleg că el lua toate deciziile?

– Da, încuviință Herjólfur, un răspuns care cântărea greu.

– Hotărât?

Herjólfur dădu din cap.

– Și acasă, și la birou?

– La birou nu știu.

Răspunsul era scurt, dar mesajul era limpede.

– Am văzut niște rapoarte cum că tatăl tău ar fi fost implicat într-un caz de corupție în sud, spuse Ari Thór, așteptând replica celuilalt.

– Nu știu, zise Herjólfur. Nu-i treaba mea.

În mod normal s-ar fi așteptat ca fiul să-și apere tatăl de o asemenea acuză, însă Herjólfur nu dădea vreun semn că ar fi vrut s-o facă.

– Mersi pentru pont, spuse Ari Thór după o scurtă pauză.

– Cum?

– Afacerile cu droguri de la casa veche.

– Ah, da, nicio problemă, mormări Herjólfur.

– Ai avut dreptate… tatăl tău a avut dreptate. Nişte indivizi foloseau casa exact pentru ce bănuia el.

– OK.

– Mama ta mi-a zis că locuieşti la subsol.

– Aşa e.

– Am sunat la uşă.

– Nu aud de-aici. Am zis să stau la etaj, e mai mult spaţiu.

– Deci poţi să vii şi să pleci după bunul plac.

Herjólfur se uită nedumerit la Ari Thór.

– Aşa a zis mama ta.

– Da…

– Aşa e? Nu ştiau dacă eşti sau nu aici?

– Nu, nu cred…

– Unde erai în noaptea în care a fost atacat tatăl tău?

Herjólfur muşcă momeala.

– Unde eram? întrebă el, făcând ochii mari, şocat de întrebare.

– Da. Erai aici? Dormeai?

Herjólfur sări în picioare.

– De ce mă întrebi aşa ceva? De ce dracu' mă întrebi aşa ceva *pe mine*?

Preţ de o clipă, băiatul păru gata să izbucnească în plâns – sau să aibă o criză de nervi.

– Da, dormeam, la subsol.

Se aşeză din nou.

– Nu multă lume ştia de anchetă, Herjólfur. De-aici ţi-a venit ideea?

Herjólfur nu spuse nimic, iar Ari Thór continuă.

– Poliţia l-ar fi căutat pe criminal printre traficanţi sau cumpărători. Iar cazul n-ar fi fost rezolvat niciodată.

Herjólfur păstră în continuare tăcerea, deşi Ari Thór spera ca întrebările să-şi facă efectul.

– Şi puşca – de ea cum ai aflat?

În cele din urmă primi un răspuns:

– Cum adică? chiţăi Herjólfur indignat.

– Vrei să-ți spun ce cred eu? Sunt sigur că știai că era în garajul lui Ingólfur. Am aflat că fiul lui a dat o petrecere pentru toți copiii care termină în primăvară. E în ultimul an de colegiu, la fel ca tine. Ce potrivire, nu-i așa?

Herjólfur rămase tăcut.

– Așa e, nu? insistă Ari Thór ridicând tonul.

Herjólfur încuviință ușor.

– Nu-i niciun secret că sunt în ultimul an.

– Ai fost la petrecere?

– Cred că mai bine pleci.

În glasul lui Herjólfur apăruse o furie ascunsă până atunci. Se ridică în picioare.

– Cine te crezi să dai buzna aici și să mă trezești cu... acuzațiile astea halucinante?

– Înțeleg că ăsta e un „da", spuse Ari Thór ferm.

– Ce?

– Că ai fost la petrecere.

Ari Thór așteptă răbdător, dându-i băiatului un răgaz să înțeleagă cât de gravă era situația în care se afla. În același timp, își gândi următoarea mutare, cumpăni cum să spargă rezistența celuilalt, să-și croiască drum prin linia de apărare în spatele căreia se baricadase Herjólfur.

– Sărea imediat la bătaie? întrebă Ari Thór cu blândețe.

Pe Herjólfur întrebarea îl lovi ca un trăsnet. Pentru prima oară i se citea teama în ochi. Scutură din cap.

– Sora ta pățea același lucru?

– Nu, zise Herjólfur și oftă.

– Mama ta?

Nu răspunse.

– Trebuie să cooperezi, îl încurajă Ari Thór. E singura ta cale de scăpare.

După o tăcere îndelungă, Herjólfur dădu din cap.

– Da. O bătea când nu era în toane bune.

– S-a accidentat la schi?

– A împins-o. Și-a rupt piciorul când a căzut.

Herjólfur se cufundă în canapea.

– Cred că i-a mai luxat sau rupt piciorul și înainte, zise în cele din urmă. Mi-a spus că a căzut de pe cal la scurt timp după ce s-au cunoscut. Eu nu cred. A bătut-o dintotdeauna.

Băiatul rămase cu capul plecat și evită privirea lui Ari Thór. Discuția despre violența din casă îl luase pe nepregătite și părea amorțit din pricina șocului.

– Și anul acela sabatic pe care și l-a luat tatăl tău ca să aibă grijă de ea – a făcut asta după un episod asemănător?

– Ce? Nu... Ai înțeles greșit. N-a fost bolnavă.

– Serios?

– Tata a fost cel care și-a luat concediu medical. Avea perioade depresive, dar nimeni n-avea voie să vorbească despre ele. La suprafață totul era bine, era polițistul perfect, dar n-a ajuns niciodată în vârf. Avea defecte ascunse. Însă tot au avut grijă de el, au avut grijă să nu-și piardă slujba. Băiatul lui tata, știi ce zic?

Tómas vorbise despre bunicul băiatului, tatăl lui Herjólfur-senior, ca despre o legendă vie, un polițist de modă veche.

– Bunicul tău a murit, nu-i așa?

– Da, dar nu cred că a dispărut vreodată din viața tatei.

– Și slujba a fost dată din tată-n fiu?

– Totul se moștenește, din păcate, zise Herjólfur și Ari Thór văzu ce efort făcea să vorbească. Și bunicul o mai bătea pe bunica.

– Și tatăl tău a fost violent cu mama ta multă vreme?

– Mult prea multă, spuse băiatul cu obidă. Mama e liberă acum. E un om bun.

– Deci ai făcut-o pentru ea? întrebă Ari Thór pe un ton lipsit de orice notă acuzatoare.

Herjólfur trase aer adânc în piept și își alese cuvintele cu grijă.

– Într-o oarecare măsură, da, bineînțeles. Cineva trebuia s-o facă. Soră-mea n-a mai rezistat, s-a mutat în sud cu prima ocazie și n-a mai vorbit cu el niciodată. Nici măcar n-a venit acasă când a auzit că a fost împușcat. Povara a căzut pe umerii mei. Altfel chestia asta nu s-ar fi terminat niciodată.

Părea calm, împăcat cu sine.

Ari Thór era gata să-l întrerupă, să ceară amănunte, însă Herjólfur continuă să vorbească fără să-l bage în seamă.

– Dar cel mai mult am făcut-o pentru mine, cred. Ca să sparg cercul vicios.

Se lăsă din nou tăcerea. Ari Thór nu voia să intervină și aștep-tă ca băiatul să-și reia mărturisirea.

– Sincer, nu mă așteptam să scap. Nu prea-mi mai păsa. E bine așa cum e. O să fie un șoc pentru mama când o să afle. Ideea era să nu fiu ca el sau ca bunicul. Trebuia să se termine undeva... L-am văzut pe tata de prea multe ori cum se transformă într-un... într-un monstru. După o vreme mi-am dat seama că asta era singura cale de scăpare. Trebuia să-l opresc o dată pentru totdeauna.

– Ai luat pușca lui Ingólfur?

– Da.

– Și acum unde e?

– E într-o magazie de aici, pe stradă.

– Voiai s-o păstrezi acolo?

– Nu, e pe terenul unei case de vacanță a unora care locuiesc în sud și vin aici vara, când e vreme bună.

Zâmbi stânjent.

– Voiam s-o arunc în mare mai târziu, când se linișteau lucrurile.

– Și cum l-ai convins pe tatăl tău să meargă acolo?

– L-am sunat de pe alt număr decât al meu.

– Nu și-a dat seama cine-l sună?

– Nu, nu m-a recunoscut. Mi-am îngroșat vocea și am vorbit stricat, i-am zis că niște drogați pun la cale ceva în casă. A fost de-ajuns.

Gândul că băiatul îi întinsese propriului tată o capcană mortală era cumplit, iar Ari Thór se întrebă dacă avea în fața lui un criminal cu sânge rece sau un om bolnav.

– Am vărsat câteva lacrimi, să știi, spuse Herjólfur atât de încet că Ari Thór abia îl auzi. Aveam lacrimi în ochi când am tras, nu pentru că țineam la el, dimpotrivă, îl uram din toată inima. Dar tot am plâns pentru el și nu știu de ce. N-a fost ușor s-o fac, încheie și Ari Thór se cutremură.

– Îți pare rău?

– Să-mi pară rău?

Herjólfur nu avu nevoie să se gândească la răspuns.

– Nu. Mama e liberă. Și eu sunt liber. Poate că o să merg la închisoare, dar e-n regulă.

Avea o privire pierdută. Era limpede că plecase undeva departe de sufrageria din Siglufjördur.

– De ce acum? întrebă Ari Thór, mai mult de curiozitate decât de nevoie.

– Cum adică?

– De ce ai hotărât să faci asta acum?

– Din cauza jurnalului, șopti Herjólfur.

– Ce jurnal?

– Am găsit un jurnal vechi, am dat peste el din greșeală. Am recunoscut imediat scrisul tatei.

Tăcu, respirând sacadat.

– E din '82, când era cam de-o seamă cu mine. L-am citit în câteva zile. De fapt, nu voiam să ajung să-l cunosc prea bine, îl uram... Dar după ce am citit m-am înspăimântat... Mi-a amintit foarte mult de mine. Trebuia să fac ceva.

– Și ai hotărât să-l omori.

– Să-l opresc, spuse Herjólfur de parcă ar fi corectat o greșeală fundamentală. Știi ce-a făcut? Avea douăjdoi de ani când a scris jurnalul... Știi ce-a făcut când a văzut că făcea la fel ca bunicu'?

Ari Thór clătină din cap.

– A încercat să se sinucidă. E clar că nu i-a ieșit. Bunicu' l-a trimis la psihiatrie. Bunicu' făcea mereu cum îl tăia capul, la fel ca tata mai târziu. Și cred că timpul petrecut acolo n-a făcut decât să înrăutățească totul.

– La psihiatrie.

Cuvintele răsunară în mintea lui Ari Thór, atingând o coardă din amintirile lui. Oare neglijase ceva?

Urmă o tăcere lungă.

– Știi, îmi doresc să fi reușit, spuse Herjólfur în cele din urmă. Să se sinucidă, adică. Ar fi fost mai bine. Pentru toți.

*

Herjólfur îl urmă pe Ari Thór la secție fără să protesteze. Polițistul îi ceruse jurnalul înainte să plece din casă iar Herjólfur i-l oferise de bunăvoie, parcă bucuros să se descotorosească de el.

Ari Thór îl sună pe Tómas și îi luară împreună declarația lui Herjólfur. Confirmă tot ce-i spusese lui Ari Thór, mărturisind că-și atacase tatăl, în aparență fără să se teamă de consecințe.

Tómas era vădit ușurat că se rezolvase cazul. Ari Thór se simțea la fel, însă tot i se părea greu de acceptat faptul că un băiat nouăsprezece ani se făcea vinovat de crimă. Un șuvoi tulbure de emoții îi gonea prin minte la gândul cumplit că băiatul a fost capabil să-și omoare tatăl.

Brusc își dădu seama de ce îl sâcâia „psihiatria", de care nu uitase în tot acest timp. Era telefonul acela, femeia care-l sunase și nu-și dusese povestea la capăt. Nu cumva fusese *asistentă* la o secție de psihiatrie? Verifică în lista apelurilor și descoperi acolo numele și numărul ei de telefon.

– Ása? întrebă Ari Thór.

– Da, răspunse ea precaută.

– Bună dimineața. Sunt Ari Thór Arason, de la poliția din Siglufjördur.

– Poliția...?

– Ai sunat de curând în legătură cu cineva care fusese internat la psihiatrie. Voiai să ne spui ceva.

– A, da... Îmi pare rău că v-am deranjat. Nu era nimic.

– Nicio problemă. Ești, totuși, bună să-mi spui povestea oricum? Ne ajută orice informație, oricât de nesemnificativă.

– Nu mă îndoiesc, cel puțin în cazul ăsta, spuse ea. Oricum, mă uitam la știri și am văzut un chip pe care n-aveam cum să nu-l recunosc. Polițistul care a murit.

– Exact. Herjólfur, confirmă Ari Thór, amintindu-și că poza de la știri îl înfățișa pe Herjólfur mult mai tânăr, fiind probabil veche de câteva zeci de ani.

– Mi-am amintit de el pentru că mi-a fost pacient cu mulți ani în urmă. Suntem constrânși de regulile de confidențialitate, dar e important să vă ajut. La urma-urmei, a fost omorât, zise ea și făcu o pauză. A fost foarte ciudat. La scurt timp după ce a fost externat am descoperit că nu mai exista nicio dovadă a faptului că a stat acolo, nu știu de ce. Pe atunci era complet dezechilibrat, îmi amintesc foarte clar, și nu ne-am înțeles bine.

Ezită înainte să continue.

– Poate că parțial a fost și vina mea. Încă eram tânără și impulsivă.

– Mulțumesc, Ása. E foarte interesant ce-mi zici, o încurajă amabil Ari Thór.

– Bine, mă bucur, răspunse femeia. M-a surprins să aud că a intrat în poliție. Nu mă așteptam să ajungă de partea *asta* a legii, dacă mă-nțelegi. Era iute la mânie și tare tulburat. M-am gândit că ar fi bine să știți, mai ales că orice acte despre el au dispărut. Pe atunci mi s-a părut foarte ciudat...

– Exact, spuse Ari Thór.

– Păi... da. M-am mai gândit la el din când în când în tot acest timp. Îmi pare rău că a sfârșit așa.

Când încheie apelul, Ari Thór luă jurnalul. Tómas îl rugase să-l citească și să-și formeze o imagine cât mai clară înainte să meargă la judecătorul de la Akureyri să solicite arestarea băiatului.

Era un caiet vechi, ponosit. Scrisul era șters, dar încă lizibil. Nu se simțea în largul lui să răsfoiască așa prin jurnal, chiar dacă proprietarul lui era mort. Însă nu avea încotro, trebuia să-l citească și, pe deasupra, era curios ce o să descopere.

Se așeză.

Iulie 1982

În sfârșit mi-au dat un creion și un caiet.

E un creion vechi, galben, prost ascuțit, iar caietul l-a mai folosit cineva, primele pagini au fost smulse neglijent. Oare a mai încercat cineva să-și exprime în cuvinte greutățile și neputința, așa cum fac eu acum? Poate că erau niște desene drăguțe, perspectiva neschimbată a grădinii negre transpusă artistic, asta dacă e cineva în stare s-o facă. Unele lucruri sunt atât de cenușii și de reci că oricât de multă culoare ai așterne pe o pagină tot nu le-ai putea aduce la viață.

Mă simt puțin mai bine acum că pot să mâzgălesc câteva cuvinte pe hârtie, dar nu-mi dau seama exact de ce. Niciodată nu mi-a plăcut din cale-afară să scriu. Numai acum am sentimentul că scrisul mi-ar putea salva viața.

Probabil nici nu contează ce scriu în caietul ăsta. Poate o să scriu despre cum e să fiu aici, despre sentimentele și existența monotonă din locul ăsta. Orice, numai să rămân întreg la minte.

EPILOG

Primăvara

Uneori Ari Thór își lăsa inima și orgoliul să-l copleșească. Era cât se poate de conștient de acest defect al lui. Își scăpa emoțiile din frâu.

Soarele se întorsese deasupra orășelului, în fiecare zi mai strălucitor, însă vântul rece dinspre mare încă putea învinge căldura razelor lui.

Odată cu zilele luminoase venise și promovarea la gradul de inspector – în sfârșit, pasul mult-așteptat în carieră. Chiar dacă lucrurile erau liniștite – prea liniștite, chiar –, se bucura de gradul, influența și autoritatea care-i permiseseră și să numească doi subordonați. Avuseseră loc schimbări și la primărie. Elín fusese acuzată de uciderea lui Valberg, iar Gunnar părăsise „de bunăvoie" funcția de primar la scurt timp după aceea.

Însă vântul îi răpise pe Kristín și Stefnir de lângă Ari Thór.

Bineînțeles că avea și el o parte din vină. Din cauza blestematei lui de gelozii îi venea prea greu s-o ierte, iar ea plecase până i se domolise lui furia.

Weekendul următor era rândul lui să stea cu Stefnir.

Însă nu renunțase la orice speranță, nici pe departe.

În relația lor avuseseră mereu parte de suișuri și coborâșuri.

Trebuia să stea de vorbă cu ea la momentul potrivit. Se simțea obligat să-și salveze familia, măcar de dragul lui Stefnir. El însuși avusese parte de o familie minunată înainte să-și piardă părinții și voia ca Stefnir să fie la rândul lui înconjurat de iubire – să-i aibă alături pe amândoi părinții. Povestea lui Herjólfur despre violența domestică moștenită din generație în generație îi amintise cât de bune erau lucrurile pentru ei – pentru el, Kristín și Stefnir. Ar fi fost nebun să le dea cu piciorul.

Poate că avea să fie nevoit să-i povestească despre tatăl lui, să-i spună adevărata poveste din spatele dispariției lui misterioase. Ea nu știa decât că tatăl său pur și simplu se făcuse nevăzut într-o zi. Motivul nu i-l spusese nici Kristínei, nici altcuiva, însă venise momentul să nu mai aibă secrete unul față de celălalt.

O recăpătase de două ori pe femeia pe care o iubea mai presus de orice. De ce să nu fie a treia oară cu noroc?

CRIME SCENE PRESS

Ragnar Jónasson
Orb în zăpadă

Ari Thór Arasson. Poliţist începător, cu studii de filosofie şi teologie pe care nu le-a mai terminat. Primul post îl trimite departe de prietena lui, în cel mai nordic oraş din Islanda, bântuit de un trecut pe care nu-l poate lăsa în urmă.

Iarna în micul oraş pescăresc Siglufjördur. O femeie e găsită în zăpadă, pe jumătate dezbrăcată. Sângerează şi e inconştientă. Un scriitor în vârstă cade pe scări în teatrul din oraş şi moare. Ari Thór trebuie să cearnă adevărul de minciuni şi să descopere crimele trecutului într-o comunitate unde nu poate avea încredere în nimeni. Iar asta înainte ca furtunile de zăpadă şi întunericul sufocant să-l copleşească.

Orb în zăpadă este primul volum din seria Dark Iceland şi totodată primul roman al lui Ragnar tradus în limba română. Cartea a fost aleasă printre cele mai bune 8 titluri *mystery & thriller* din 2015 de către *The Indepenent* şi nominalizată la Premiul Barry în Statele Unite pentru Cel mai bun roman paperback. În Marea Britanie şi Australia a fost No. 1 Amazon Kindle bestseller.

Apariții editoriale

CRIME SCENE PRESS

George Arion – **Atac în bibliotecă**
George Arion – **Profesionistul**
George Arion – **Trucaj**
George Arion – **Pe ce picior dansați?**
George Arion – **Fortăreața nebunilor**
George Arion – **Maestrul fricii**
George Arion – **Detectiv fără voie**
George Arion – **Insula cărților**
George Arion – **Nesfârșita zi de ieri**
George Arion – **Spioni în arșiță**
George Arion – **Necuratul din Colga**
George Arion – **Crime sofisticate**
George Arion – **Însoțitorul lui Iisus**
George Arion – **Anchetele unui detectiv singur**
George Arion – **Trimisul special**
George Arion – **Umbrele de la Ada Kaleh**
Lawrence Block – **Dans la abator**
Lawrence Block – **Umblând printre morminte**
Alain Berenboom – **Primejdii în regat**
Alain Berenboom – **Averea Gutmeyer**
Alain Berenboom – **Porumbel à l'italienne**
Ken Bruen – **Garda**
Ken Bruen – **Moarte în clan**
Ken Bruen – **Martirele de la Magdalen**
John Buchan – **39 de trepte**
Ann Cleeves – **Negru de corb**
Ann Cleeves – **Nopți albe**
Ann Cleeves – **Oase roșii**
Ann Cleeves – **Fulger albastru**
Ann Cleeves – **Ape moarte**
Ann Cleeves – **Secretele din strada Portului**
Ann Cleeves - **Pescărușul**
Sandrone Dazieri – **Ucide-l pe Tată**
Sandrone Dazieri – **Îngerul**
Sandrone Dazieri – **Regele de Arginți**
Caius Dobrescu – **Moarte în ținutul secuilor**
Caius Dobrescu – **Praf în ochi**
Caius Dobrescu – **Recviem pentru nimeni**
Caius Dobrescu – **Cu inima-n dinți**